谷崎潤一郎、芥川龍之介、菊池寬、森鷗外——著

祁淡東——譯

恩仇之外

日本大正時代文豪傑作選

譯序

大正時代是指第一百二十三代日本天皇在位的十五年（一九一二至一九二六）；時間雖然不長，但在政治、經濟、文學上均有長足發展。日本自明治維新以來所推動的資本主義已顯現成效，在對外關係上，它在中日甲午戰爭、日俄戰爭相繼獲勝，使它成為列強之一。這段期間中的第一次世界大戰，亦使日本在經濟繁榮下，促進民主主義運動發展。再加以一九二三年慘痛的關東大地震，亦促成日本社會各種思潮勃發。在此種時代背景下產生的大正文學，正反映了這種社會變遷與動盪。也因而確立自我、宣揚個人主義、理性主義，成為大正文學的基調。

明治時期日本全盤西化，對於伴隨自然科學及工業革命而來的自然主義文學運動，當然也照單全收。自然主義追求「真」，暴露現實生活的醜陋與黑暗。後期自然主義作家則著重自我表白，否定道德束縛，結果陷入虛無絕望。到了大正時期，反自然主義應運而起，成為大正文學的主流。恩師劉崇稜教授將此一反自然主義歸類為新浪漫主義、新理想主義、新現實主義等三個流派。

在明治末年，當自然主義到達顛峰時，出現以谷崎潤一郎、永井荷風為代表的新浪漫主義耽美派；他們反對自然主義排斥主觀、缺乏技巧，只一味地暴露人性醜陋的一面。他們主張文學的意義在於追求官能之美，人生的重心在充實內部生命，尊重主觀性。於是頹廢的感覺和感情，及追求肉體的神祕感成為耽美派的主要題材。此一耽美派的思想，深受十九世紀末盛行於歐洲的頹廢主義之影響，具有藝術至上、享樂主義、唯美主義的頹廢傾向。由於和浪漫主義同樣追求美，故又稱為新浪漫主義。由於此派過分追求官能美，逐漸陷入「惡魔主義」的頹廢現象，引發衛道人士的圍剿，導致勢力消退。

隨著新浪漫主義的衰退，繼起的是新理想主義（白樺派）。新理想主義發軔於明治四十三年，出身貴族學校學習院的志賀直哉、有島武郎等人創立文藝雜誌《白樺》，並以該雜誌為中心集合文學團體，故又稱為白樺派或人道主義派。他們反對自然主義所標榜的唯物、無理想、無目的的文學，主張唯心、追求光明的人生與理想的生活，肯定自我與尊嚴、重視倫理與人道主義。該派於第一次世界大戰後與民主主義運動結合而受到廣大讀者歡迎，一時成為大正文學的主流。

在大正後期，有一批文學家企圖針對被新浪漫主義及新理想主義疏遠的現實，進行再發現、再解釋，並深含理智的傾向。這一傾向的文化總稱為新現實主義，主要人物包括芥川龍之介、菊池寬、山本有三、室生犀星等人，

整體而言，大正文學繼承明治文學的自然主義，首先產生耽美派、接著有白樺派的理想主義與新現實主義登場。對個人要求的調和，明確反映在文學作品上正是大正時代的特點。宣揚個人主義、理性主義，則成為大正文學的基調。

筆者基於對日本文化、文學的興趣，而於民國六十年考入當時仍稱為東方語文學系的淡江大學日文系，受教於黃得時、陳蔡煉昌等學者教授，使我對日本中世紀與近現代文學有了粗淺的認識。在服役退伍後考取中國文化大學日本研究所，在學期間獲得劉崇稜教授的指導，並藉由大量閱讀，使我對於日本文學有了更深一層的領悟。之後踏入社會，歷經短暫的日文筆譯工作後轉入公職，遂暫時放下了我所喜愛的日本文學。迨至退休，才開始有較多的時間重溫舊愛。我利用在輔仁大學學士後法律系就讀的機會，充分地利用輔大圖書館內大量的日文藏書，滿足了疏離日本文學多年後的自我。可能是出自懷舊的心理吧，比起台灣目前盛行的日本各類藝文譯著，我反而對於從明治後期、大正時期、至昭和前期（二次大戰前）的日本文壇作品獨有所鍾，感覺更為接近我所追求的日本古典傳統美學。本書是我基於趣味性及可讀性，特別挑選出來的四位活躍於大正時期的名作家所寫的七篇作品。這些都是我在學校時便非常喜歡的中短篇小說，相信您也一定會喜歡的。

目次

谷崎潤一郎

作者介紹／谷崎潤一郎

谷崎潤一郎（一八八六—一九六五），出生於東京市日本橋區蠣殼町，父親從事投機事業，故家中經濟起伏甚大。小學畢業時曾經一度面臨輟學，後在週邊人等惜才資助下，才得以進入中學。之後經由擔任家教等工作賺取學費，並於一九〇八年進入東京帝大國文科。但因繳不起學費而退學之後，開始以反自然主義陣營的新人姿態，登上文壇而成為小說家。

谷崎於一九一〇年九月在具有耽美傾向的反自然雜誌《新思朝》的第二次復刊的創刊號發表歷史劇《誕生》以來，一貫在作品中尋求官能之美的世界。至於本書所選的《刺青》，更是描寫拜倒在美女胴體之前的一個特定男性主角的小說，受到不少文壇前輩的激賞，而成為文壇寵兒。

綜觀谷崎的文學創作有一項特徵，此即對美的東西、特別是對女性胴體崇拜，從成名作《刺青》到晚年的《鍵》、《瘋癲老人日記》的漫長五十餘年創作過程中，其中心經常是女性崇拜，更精確地說，是對女性肉體的崇拜，而且是超過半個世紀創作過程中的單一主題。他在作品中的嗜虐性和被虐性內容，甚至被批評為「喜歡在醜惡、頹廢、怪異、恐怖中，尋找『美』，是一種『惡魔主義』的作品」，甚且「從肉體上的恐怖進而產生神祕幽玄」。

谷崎潤一郎的創作歷程漫長，從明治末期到大正，再持續到昭和時期，代表作包括《痴人之愛》、《吉野葛》、《盲目物語》、《武州公秘話》、《春琴抄》、《細雪》、《少將滋幹之母》等等；他並曾將古文《源氏物語》譯成現代口語文出版。晚年並獲選為美國文學藝術學院的名譽會員，他也是首位獲選的日本人。

刺青

早些時候，人們仍視「木訥」為可貴德行，世道還不像今天這樣相互激烈傾軋。那時的世間悠閒雅致，為了使老爺大人及公子少東們不要愁悶著臉，官舍中的女侍或花街柳巷中的花魁女會竭盡一切博君一笑。而當時酒肆茶樓裡，還正大光明地存在著幫閒幫襯之流，靠賣弄口舌混飯的角色。當時不論是戲劇或草雙紙[1]的人物，諸如女定九郎、女自雷也、女鳴神，全都主張美才是強者，而醜則是弱者。任誰都在致力追逐最美之姿色，結果演變至將色彩注入天賦的體內。那時無論是濃郁或絢爛的線條及色彩，皆躍然地呈現在人們的肌膚上。

在通往風化區的馬道上，來往的尋芳客在坐轎子時，會選擇身上有美麗刺青的轎夫。吉原、辰巳這些風化區的女子也歡迎有刺青的客人。除了賭客、打火兄弟以外，連較一般尋常百姓為稀少的武士階層，也開始加入刺青的行列。不時在兩國地方所舉行的刺青會上，參加者會相互拍打肌肉，彼此互相誇耀與評論自己身子獨具匠意的圖案。

1　譯註：江戶中期以後庶民間所流行的繪本讀物。

有一位名叫清吉的年輕刺青師，他的手藝不下於淺草的佳利文、松島町的奴平、渾次郎等人，並獲得名家的美譽。已有數十人的肌膚有如薄而輕滑且光澤的絹布，成為他的畫筆下恣意表現的素材。刺青會上有不少博得好評的佳作，是出自他之手。一般的評價是達磨金擅長暈色刺、唐草權太是朱刺的名手、而清吉則以奇妙構圖和妖豔的線條紋出名。

清吉原本仰慕豐國國貞畫風，而想成為浮世繪師來渡化世人。雖然淪落為刺青師，但他仍然保有畫工的良心與靈感。他不隨便替人刺青，必須是具有能夠吸引他的肌膚及體格的人，他才肯動手。而且一旦他接受刺青的要求，顧客不能提出任何要求，無論構圖或費用，都要聽清吉的，此外，還要忍受一、兩個月針尖所帶來的痛楚。

在這位年輕刺青師的內心深處，潛藏著凡人所不知的快樂與宿願。他對紋身者下針時。紅色鮮血從腫漲的肉中冒出所帶來的疼痛，一般的男性會發出痛苦的呻吟，而這種呻吟聲越是高亢激烈，他越是有難以言喻的快感。在刺青當中。最痛的是所謂的朱刺、暈色刺——這些針法他尤其喜歡。一天下來平均被刺了五、六百針的紋身者，為求色澤均勻，會全身浸泡在熱水中。待他們從浴桶中出來時，全都痛苦地要死不活地倒在清吉的腳跟前難以動彈。面對這種悽慘的景象，清吉一向是冷冷地斜著眼說：「想必很痛吧。」同時嘴角還浮現一絲快意。

有時遇上沒有什麼骨氣的男子，簡直像似死前般地歪著嘴咬著牙，甚至放聲大哭。

「你是江戶男兒嗎。忍著點吧。——這是清吉在下針，當然是痛楚難當啦。」說著，乜斜著眼望著眼前這位眼淚汪汪的男子，同時毫不在意地繼續下針。

有時會遇上忍耐力較強，咬牙緺眉地強忍著痛。

「你倒是意想不到還能挺住。——不過看吧，現在才開始要真正的痛了，你可別痛的受不了啊。」說著，咧嘴露出白齒一笑。

❖ ❖ ❖ ❖ ❖ ❖

清吉這幾年來有一個宿願，那就是求得一名天下美女的肌膚，然後將自己的魂魄刺入其中。不過他對於這名美女的素質與容貌設定了多項標準。光是美麗的容顏與動人的肌膚，並不能滿足他的要求。清吉也曾調查過江戶地區的花街柳巷，然而那些名氣響亮的女子，並不具備他所要求的品味與格調。他仍在心中描繪著尚未出現的目標所具有的形象，雖然歷經了三、四年的空等待，但他從未放棄這一心願。

剛好是第四年夏天的一個晚上，當他從深川的一家叫平清的料理店門前經過時，他注意到有一台轎子停在門口，而轎簾子下方是一雙素白潔淨的裸足。在清吉銳利的眼中，人類的腳與其顏面一樣，是有著複雜的表情。這雙女性的腳對他而言，有如貴重的肉中寶玉般。從姆趾到小趾，纖細而整齊地排列著，每一個趾甲都有著像從江島海邊所拾獲之淡紅色貝類般的色澤。如珠玉般渾圓的後腳跟，有著清冽的岩間清泉不斷沖洗之下的潤澤皮膚。這雙美足將因男人的鮮血而獲得滋養，它將是踩踏在男人背上的腳。擁有這雙腳的女子，不正是他數年來夢寐尋找的女人中的女人嗎。清吉壓抑著胸口翻騰的激動，立刻從後追趕，想看清轎中人的真面目；然而追了二、三町[2]之後，轎子竟失去了蹤影。

清吉的期盼並未改變，他那憧憬渴望的心，甚至愈演愈熾烈。就在第五年的春天已經過泰半的一天早上，他在深川佐賀町的寓所，咬著牙籤凝視雨棚外的萬年青時，庭院裡的木門外有人造訪，接著一位不曾見過的少女走了進來。

這是清吉所熟識的辰巳藝妓所委託跑腿的使者。

「姊姊讓我將這件羽織交給師傅，想請您在衣裡上畫個圖案什麼的……」說著，少女將鬱金色的包袱打開，從當中取出一個繪著江戶歌舞伎的代表性女角兒井杜若的厚紙盒，裡面放置的是羽織及一封信。

信紙上寫著請託有關羽織的事，信末尾提及她與所支使的少女情同其妹，最近即將下海；希望清吉能為她幫襯一番，但也不能將舊人拋諸腦後云云。

「難怪我不認得你，原來你是新來的。」

說罷，清吉打量著少女。她年紀不過十六、七，但令人不可思議地，是她讓清吉感覺到似乎已在花街柳巷待過甚長期間，並且曾經令無數男子神魂顛倒，玩弄於其股掌上。在這個集全日本罪惡與財富的都城中，幾十年裡不斷有新生的美色取代年華老去者，這其中雖不乏容貌出眾者。

[2] 譯註：一町約合一〇九公尺。

然而眼前這位少女，才真正算得上是千百不得其一的上選之姿。

「妳是否去年六月時分，曾經自平清料理店乘坐轎子離開？」

清吉這樣問著，同時安排她坐在對向、能仔細欣賞到她那雙巧緻裸足的位置。

「是呀，那時父親還在世，所已經常去平清的料理店。」少女面帶笑容回答了這一奇怪的問題。

「我等待著妳正好整整五年了。雖然面貌是初次看到，但妳的腳我倒是清楚地記得。我早想見妳了，來吧，上來裡慢慢聊吧。」

說著，清吉拉著原本要告辭回去的少女的手，引導她進入面臨隅田川的二樓屋內。之後，拿出兩本畫軸，並先在女子面前展開其中之一。

那是描繪古代暴君紂王[3]的寵妃末喜的一幅畫。描繪著她頭戴鏤雕琉璃珊瑚的金冠而有些不堪負荷似地，身體疲憊地依靠著勾欄，羅綾的衣擺垂在階梯上，右手斜拿著酒杯，然後睥睨著階下即將處刑的男子。男子的四肢被鎖在柱上，等候著他命運的終結；他閉著眼睛在妃子面前垂下了頭。

少女入神地盯著這幅畫中的怪異人物，漸漸地，她的瞳孔裡散發著光輝、嘴唇顫抖著。更怪異的是她的臉孔逐漸變得與妃子相似起來。她似乎看見隱藏在畫中的真正「自己」。

3 譯註：此處應為夏桀之誤。

「這幅畫正反映出妳的心。」

說罷，清吉愜意地邊笑邊打量著少女的容顏。

「為什麼要讓我看這麼可怕的東西？」

少女抬起蒼白的面頰說道。

「這幅畫中的女性就是妳。這名女子的血液應該流進妳的體內才對。」

說完，又展開另一幅畫。

這幅畫題名為「肥料」。畫的中央有一名年輕女子，身子倚靠在櫻花樹幹上；她的腳下有許多倒臥著的男子屍骸。女子身邊有鳥群在飛舞著高唱凱歌，而女子眼中洋溢著難以抑制的誇耀與歡愉之色。這是打鬥之後的痕跡呢，還是花園裡春天的景色呢。少女看了這些之後，似乎對於自己內心深層所潛藏的思慮，產生了一窺究竟的意念。

「這是描繪妳未來的繪畫。這裡所喪生倒斃者，皆是為著妳而命喪黃泉。」

說著，清吉手指著畫中與少女幾乎相同的臉龐。

「我只是個後生晚輩，請快將畫收起來吧。」

少女像似想要避免誘惑般，背對著畫俯臥在榻榻米上，接著嘴唇開始顫抖。

「師傅，讓我告白吧。就像您所察覺地，我確實有著如同畫中女子般的個性與特徵。——所以我無法忍受，請將它們收起來吧。」

「別說那麼沒出息的話，妳再仔細地看看這幅畫。就算害怕，也不過是一下子而已。」

說著，清吉臉上浮現出不懷好意的一絲笑意。

「師傅，請讓我回去吧，待在您身邊讓我感到不安。」

少女好幾次這樣重複著。

「再等一會兒。我要使妳成為有著了不起器量的女性。」

說著，清吉若無其事地接近少女的身邊。並且偷偷地打開之前從荷蘭醫生處所獲得的麻睡劑瓶塞。

❖ ❖ ❖ ❖ ❖ ❖

耀眼的陽光從河面反射上來，像燃燒般照射在八個榻榻米大的客廳。反射自水面的光線映在清純少女的臉上及紙拉門上，產生了金色的波紋狀晃動著。關起門來，手握刺青工具靜坐的清吉，此時出現短暫的恍惚。他現在才能夠細細地品味少女的神韻。面對她那不動的容顏，就算在一室中靜坐十年、百年，應該也不會有厭煩感才對。就像古代孟斐斯人以金字塔、人面獅身像來裝飾莊嚴的埃及天地，清吉亦想在潔淨的人類肌膚上，以自己的愛戀來進行彩繪。

接著，他開始用左手小指、無名指與拇指間所插著的畫筆筆尖，在少女的背上描圖，之後再右手下針。年輕的刺青師將靈感溶於墨汁，然後滲入肌膚之中。一滴一滴混合著燒酒而刺入的琉球朱，正是用他生命所為；他在這裡看得見自己靈魂的色彩。

不知不覺正午已過，接著，悠閒的春日慢慢邁向暮色。清吉的手一刻也未停歇，少女也沉睡不醒。因少女遲遲未歸而前來打探的伎館樂師，被清吉三言兩語打發了回去。

直到月兒升至對岸土佐潘主的屋頂上，夢幻般的月光傾洩進沿岸一帶家戶裡的時候，紋身的工作連一半都未達成。清吉數度挑動著燭心，以維持工作所需的亮度。

每一點色澤的注入，對他來說都不是容易的事。每一下針、拔針，他都會深深地吐納，如同刺在心中的感覺。隨著針痕的增加，逐漸地一個巨大女郎蜘蛛的形象，開始具體化。直至東方泛白時，這種具有不可思議的魔性動物，伸展出它的八隻腳，纏繞在整個的背部。

河岸傳來搖槳的吆喝聲，清晨時分白帆頂上的朝霞中，明亮的光芒照耀著中洲、箱崎、靈岸島的家戶屋脊時，清吉終於擱下畫筆，他凝視少女背後所紋入的蜘蛛。只有刺青才是他生命的全部，一旦工作終了後，他心中所呈現的只有悵然若失的空虛感。

二人的身影就這樣不動地過了好一會兒。之後，低沉、沙啞的聲音令四壁為之震動。

「為了讓妳成為真正的美女，我在刺青中加入了我的靈魂。今後在整個日本，將不會再有比妳更優質的女性。今後妳將不會再像以往那樣膽怯。未來任何男人，都將成為妳的肥料。……」

她能瞭解這番話嗎，少女唇間發出微弱，如同絲弦般的呻吟聲。她慢慢地恢復知覺。隨著她呼吸吐氣的脈動，蜘蛛的腳也如同有生命般地蠕動著。

「身體像被蜘蛛擁抱著，感覺痛苦吧。」

少女張開還未完全清醒的眼睛，但逐漸地，她的瞳孔逐漸綻放出光芒，反映在清吉的臉上。

「師傅，快讓我看看背上的刺青。投注您的生命所換來的刺青，想必使我變得美麗了。」
少女的話有如作夢般，但語句卻是強而有力。
「不，妳還是先去沐浴一番，使色澤能夠更勻潤。雖然會有痛楚感，但妳要忍耐。」
清吉像是愛憐般地湊到少女耳邊低聲說著。
少女強忍著體內的痛楚，勉強擠出微笑。

❖ ❖ ❖ ❖ ❖

「啊，熱水滲入體內真是痛苦。……師傅，請不要理會後輩的我，先到樓上等著吧。要是讓男人看見我如此悲慘的情況，那就太失態了。」
少女未擦拭出浴後的身體，先推開清吉所伸過來的憐恤之手，強忍著劇烈的痛楚，撲倒在隔間的榻榻米上，發出有如夢魘纏身般的呻吟。散亂的秀髮貼在她的臉頰上。她背後豎立著的鏡台，照映著她那素白潔淨的腳底。

❖ ❖ ❖ ❖ ❖

對於相較昨日已大異其趣、完全不同的少女態度，清吉是格外感到驚訝。他照著少女所要求地，在樓上等待了約一小時。少女已梳妝完了，秀髮垂落於兩肩。身上的痛楚雖尚未消散，但她的雙眉已開，正依偎欄杆仰望著天空的雲彩。

「這幅畫連同刺青一併奉送，妳可以將它帶回去。」

說著，清吉將卷軸放在少女面前。

「師傅，我確實將之前軟弱的心態完全拋諸腦後了。——您可算是滋潤我的最初的肥料吧。」

少女瞳孔散發出銳利的光芒，她的耳裡迴響著勝利的歌聲。

「回去之前，讓我再看一次我的作品吧。」清吉這麼說道。

少女默然點頭，並褪下肌膚外的衣裳。正巧此刻朝陽斜斜照射在刺青的正面，真是燦爛奪目扣人心弦。

芥川龍之介

作者介紹／芥川龍之介

芥川龍之介（一八九二—一九二七），芥川龍之介原名新原龍之助，一九八二年出生於東京，父親以販賣牛奶為生，母親患有精神病，在他十一歲時去世。芥川遂過繼給母舅，並改性芥川。他自幼便喜好文學戲劇，十一歲時與同學發行手抄雜誌，並自己寫作、編輯，甚至繪插圖。芥川一九一三年進入東京帝大，主修英國文學，期間開始寫作，並完成處女作《老年》，但當時並未受到重視。直至一九一六年《新思潮》第四次復刊，創刊號所登載的《鼻子》受到文壇領袖夏目漱石的盛讚後，芥川才開始嶄露頭角。

芥川可算是日本知名度最高的小說家之一，他博學多能，除日本文學外，並精通漢學及英國文學，除取材自日本王朝的歷史小說外，亦著有中國的典故傳說及南蠻小說。然而芥川終其一生為腸胃病、痔瘡、神經衰弱、失眠等多種疾病及憂鬱症所苦，最後服用過量的安眠藥而亡，得年僅三十五歲。在他短暫的一生中，所創作的短篇小說超過一百五十篇，篇幅雖短，但取材新穎，內容發人深省，多為描寫社會黑暗醜惡面，成為當時社會的縮影。

芥川的主要作品包括：《羅生門》、《鼻子》、《芋粥》、《手巾》、《盜賊》、《某日的大石內藏之助》、《戲作三昧》、《地獄變》、《蜜柑》、《南京的基督》、《夜來之花》、《竹林之中》、《大道寺信輔之半生》、《支那遊記》、《點鬼簿》、《湖南之扇》等。芥川在文藝創作上的旺盛能力，可從他在一九二七年自殺身亡的前一年，還有《河童》、《齒車》、《某阿呆的一生》等作品看出。日本大導演黑澤明曾以芥川的《竹林之中》及《羅生門》為題材，而拍攝電影《羅生門》，獲得威尼斯國際電影金獅獎，這是日本影片首度獲此項殊榮。芥川的某些作品也曾在譯為中文後被選入我國高中國文的選讀教材。

一九三五年，亦即芥川自殺身亡的八年之後，他的同門好友菊池寬以芥川為名，設立了文學新人獎「芥川賞」，目前已成為日本最重要的文學獎項之一。能得到這個獎，是對新進純文學作家最大的鼓勵。

地獄變

一

像堀川大君這般人物，真可算是空前絕後，後世恐怕再難找到第二位了。各位只要打聽一下，就可以知道傳聞中所說的在他誕生之前，大威德明王曾親臨大君的母親枕邊，而且他自出世之後，所作所為便不同於一般人，而且他所做的事，沒有一件不是出乎我等常人的意表之外。先說說堀川府邸的規模吧，要以宏偉、壯大來形容根本不足，而這完全不是吾等凡人所能想像的。於是就出現各種議論，有的將大君的言行比擬秦始皇及隋煬帝，這不是正應了那句盲人摸象的諺語嗎。大君的思慮絕不會只為著他自己的榮華富貴，而是更多地在為凡人著想，正是所謂與天下人同樂的宏大氣宇度量。

正因如此，在二條大宮的百鬼夜行遇上他，並不會有什麼阻攔。此外，在因映照陸奧的鹽灶景色而有名的東三條河原院，傳聞會現身於夜晚的左大臣源融的靈魂，也曾遭受大君的叱責而消聲匿跡。正是這種威嚴，當時京城的男女老幼皆尊崇大君為佛菩薩再生的權者，這絕非倖致。有一次他參加宮中的梅宴而回府途中，拉車的的牛隻不知何故失控，衝撞到正巧經過的一名老人，並因而受傷，但那名老人反而雙手合十，對牛的衝撞表示感激。

也是因為這樣，在大君的一生中，足以為後世稱頌的事蹟，真是多的不勝枚舉。他曾在盛大饗宴中，送出過三十匹白馬、為了修建長良橋的橋柱而獻出自己寵愛的童子、命習得華佗之術的中國和尚切除他腿上所生的瘡，——要是一樣一樣地敘述，根本說不完。但在如此眾多的奇聞軼事中，時至今日仍為大君家傳家之寶的地獄變屏風，大概是最值得一提的話題了。連平日對任何東西都不放在眼下的大君，當時也顯得驚心動魄，那就更別提我們這些下人，那當然更是嚇得魂飛魄散了。這當中的我自己，伺候大君已有二十年之久，也從來未曾遭遇如此悲悽驚恐的發展。

不過在打開話匣子之前，有必要先對畫那個地獄變屏風者、也就是那位名喚良秀的畫師，加以述說一番。

二

提起良秀，說不定到今天都還有人記得他的事。當時提起繪畫的本事，幾乎無人能超越良秀，可見他的地位之高。他那時大約五十出頭，還親自作畫。看他的外表，是位個子矮小，廋的皮包著骨，同時心地並不善良的老頭。每當他前往大君的府邸參見時，經常穿著丁香染的狩衣、頭戴軟烏帽。雖然他的人品極其卑微，但不知何故並不像上了年紀的人，他的嘴唇出奇的紅，再加上氣味難聞，不免令人有種面對野獸的感覺。有人說良秀的嘴是因為經常用舌舐畫筆而變得殷紅，也不知是否真是如此。還有人以良秀的舉止動作有如猿猴，所以給他取了猿秀的諢名。

提起猿秀，還有另一段故事。當時在大君的府邸裡，良秀那年僅十五歲的獨生女擔任侍女的工作。她與父親生得完全不同，是一位惹人愛憐的姑娘。由於她的親娘死得早，訓練出她的思慮周密，而且較同年齡者伶俐。也由於她處事周到，深得上自大君夫人、下至其他女侍們的眷顧。

就在這段期間，從丹波國送來一隻經過馴服的猴子。年輕的少主正處於喜好惡作劇的年紀，所以他為猴子取名良秀。猴子原本動作行為就已經夠可愛了，再加上這一名字，使得府邸內上下無人不覺得好笑。如果是笑笑也就罷了，有趣的是每當牠跳上庭院裡的松樹、或弄髒了女官們的疊蓆時，大家都良秀、良秀地呼叫著，並且喜歡作弄牠。

前面提到過的良秀之女，有一天手拿繫著信件的寒紅梅枝經過長廊，那隻小猴子良秀大概是扭了腳吧，不似平日般地靈活；牠從遠遠的拉門處一跛一跛地朝向這裡奔逃。在後面拿著荊楚追趕著的少爺一面叫著：「偷橘子的偷兒，別跑，別跑！」一面在後追趕。良秀之女看到這個情形，不禁猶豫地停下腳步；正好這時，跑過來的猿猴抓住她的裙擺，並發出哀叫聲。此刻她的同情心不禁油然而生，於是單手拿著梅枝，另一隻手連同紫色的衣袖，輕輕地伸出並溫柔抱起小猴，在少爺面前躬著身子輕聲說道：「請寬恕我的大膽，牠只是個畜生，請饒了牠吧。」

然而少爺氣呼呼地跑來，臉色很難看，一邊跺著腳一邊說：

「為什麼要袒護牠？牠是偷橘子的賊呀。」

「到底只是個畜生……」
少女重複又說了一次。接著她露出落寞的微笑，像似下了決心般的語氣說：
「牠叫良秀，因此對我來說，就好像是父親受到責罰似地，總不能坐視不顧。」
這話一出口，就連少爺也不得不讓步了。
「罷了，看在妳為父親請託的份上，我就姑且放過牠吧。」
雖然滿心不情願，少爺還是丟下荊楚，朝向來的拉門方向走了。

三

從那之後，良秀女兒與小猴子成了莫逆之交。少女將小姐賞賜的黃金色鈴鐺，用紅絲線垂掛在猴子的脖子上，小猴子無論任何時候，都幾乎在少女身旁不離開。有時少女染上風寒什麼的時候，必須臥床休息時，小猴子便會坐在枕邊，面帶愁容地不停啃著自己的爪子。

經過這番發展後的結果，沒有人會再像以前那樣虐待這隻小猴子了。不，更正確的是大家開始愛憐起牠來。就連少爺，也會不時地丟柿子或栗子給牠，要是有哪個武士伸腳踢猴子，他還會勃然生氣呢。之後大君特別讓良秀之女抱著猴子前來問安，就是因為聽聞少爺生氣的經過情形。也因此大君知悉了少女疼愛猴子的所由。

「妳是位孝順長上的人，我要獎賞妳。」

因著這番上意，少女獲得紅袙衣，一旁的猴子人模人樣地伸手恭敬地接下袙衣，這個動作引得大君更加高興。大君所以照顧與偏愛良秀之女，完全是因為猴子的可愛及對她孝行情操的讚賞，絕不會是如外界所議論地什麼愛好女色啦。這些我以後會慢慢說，在這裡我要強調，不論再美，大君都不會看上一個畫師之流的女兒。

先提一下良秀之女，她體面地獲得大君的賞賜，由於她原本就是一位靈巧的女孩，所以並未受到其他低階侍女的忌妒。相反地，她和猴子反而受到更多的憐愛。小姐每天纏著要她隨侍在側，連出去的時候都要她一同坐上牛車。

現在我們暫且放下少女，來談一談父親良秀的事吧。剛才說到的那隻猴子在短時間之內，成為眾人寵愛的對象，但這裡的主角良秀，卻是任誰都嫌惡的對象，大家仍然在背後稱呼他為猿秀。這種情形不僅在大君的府邸裡是如此，連橫川的僧官們在提到良秀時，都會像似遇上魔障般地變臉，由此可知是如何憎惡良秀了。（有人說這是因為良秀將僧官的行為加以諷刺性的描繪，但這些只是下人們的口耳相傳，不能當真看。）不過不論如何，良秀的風評不佳，其來源是多方面的，幾乎人人都這麼說。唯一不說他壞話的，大概只有兩三名畫師同行們，或是那些只知其畫，不知其行徑的人們吧。

然而事實上，良秀除了外表上的猥瑣以外，還有更令人厭惡的壞毛病；而這些都該怪他自己，怨不得旁人。

四

良秀的惡癖包括吝嗇、貪婪、無恥、怠惰、物慾——不，這當中更嚴重的是粗魯無文的傲慢，他無時無刻不自吹自擂為本朝第一畫師。如果僅止於繪畫上的技巧也就罷了，而良秀這種不服輸的個性還包括對世間的習慣或慣例等，在他眼中都是些愚不可及的東西。據一名長年在他身邊的弟子所說，某日在某個宅邸裡，著名的檜垣巫女遭神靈附身，正在宣達可怖的神諭時，良秀完全不為所動地在旁走動，並掏出筆墨，將巫女可怕的容顏完完整整地描繪了下來。大概所謂的神靈作祟，在他的眼中，只不過是欺騙小孩的把戲罷了。

因為良秀就是這種人，所以當他在描繪吉祥天女神時，所畫的是卑微的傀儡容貌，在畫佛教五大名王之一的不動明王時，竟然畫了一副下雜役的嘴臉；像這類褻瀆神明的行徑真是不勝枚舉，若以此來詰問他，他反而會若無其事地回答：「良秀所畫的神佛竟然會懲罰良秀，這可是聞所未聞呢。」他的這種行徑，連弟子也不知所措，當中有多位認為跟著他學藝前途無亮，便收拾行囊匆匆離去。——簡單一句話，就是高傲自大過了頭，自以為在當時的普天之下，沒有人會比自己更偉大了。

良秀在畫壇上的地位之高，當然無需贅言，特別是在他的運筆及用色上，幾乎與其他畫師完全不同，所以與他交惡的畫師同行之間，不少人批評他為騙子。那些人還指出，譬如川成、金岡等往昔名匠的作品，諸如在舊門板上所畫的梅花，每到月夜都會散發出香氣，而在破舊屏風上所存留的公卿們，迄今還能感受到他們吹奏的優美笛音。至於良秀的作品，任何時候皆會感受到一股邪氣，從未獲得過什麼優異的評價。譬如說良秀在奈良龍蓋寺大門上所畫的天、人、畜生、餓鬼、地獄輪迴轉生的五趣生死圖，在夜半經過門下時，似乎能聽得見天人的嘆息聲與啜泣聲。而且每每奉大君之命為府邸中的妻子侍女描繪肖像，那些被畫的人在畫完的三年之內，都會因患上失魂落魄的病症而死去。批判良秀的人振振有詞地認為，這就是他的畫沾滿邪氣的最好證明。

愈是說他蠻不講理，他表現在外愈是狂妄自大，有次大君在與他閒聊時說道，「你總是喜歡醜的東西。」良秀張著他那與其年齡不相配的紅唇，一面不懷好意地笑著，一面大言不慚地回答：「是嗎，那些只懂皮毛的畫師確實難以體會醜陋之美。」就算是本朝第一畫師，也不該在大君面前如此放肆啊。所以剛才提到過的棄師而去的弟子就給他取了「智羅永壽」[1]的外號，譏諷他不長智慧，這不是沒有原因的呀。您該知道吧，「智羅永壽」就是昔年從震旦渡海前來的天狗之名。

然而，這位蠻橫到難以形容地步的良秀，倒還是有一項屬於人類的溫情。

[1] 譯註：出自《今昔物語》，內容為印度的天狗智羅永壽傲慢地來到日本，後在競賽中敗於修驗僧。

五

之會這麼說，是因為良秀鍾愛他那獨生女已到了超乎常人所能想像的地步。如同我所說地，這位女兒是溫柔而孝順；但良秀這一邊對她的疼惜，是更為有過之而無不及。良秀平日是不論任何寺院化緣都不會給半點施捨的人，但只要是女兒身上穿的、或髮飾什麼的，他絕不會吝於花錢地給她買回來。這麼說也許有人不太相信吧。

良秀雖然鍾愛著自己的女兒，但卻從未想過要為她找一個好女婿的念頭。相反地，若有人打他女兒的主意，他反而會設法找一些市井無賴，然後給他一場教訓。所以當大君指示要她進入府邸充任小女侍時，良秀是老大不服氣，而且沒有給大君好臉色看。那些有關大君垂涎少女的美貌，而不顧父親的反對強行將她留在府邸的流言，大概是從良秀抗拒的樣子推量出來的吧。

這當然是子虛烏有的事，但由於對女兒的關切，良秀倒是自始至終地祈求女兒能離開府邸。有一次他受命去描繪孩提時期的文殊菩薩，由於他將受寵愛孩童的容貌畫得栩栩如生精彩無比，大君感到極為滿意。

「你想要什麼獎賞，放心地說吧。」

面對讚賞，良秀有些畏懼，但仍然壯著膽子說：「請放我的女兒出府吧。」

要是在其他宅邸講出這種話也就罷了，但在堀川大君的身邊服侍，必然會受到極大的寵愛。

因此良秀提出的這種粗野無文的要求，根本是難以想像的。儘管寬宏大量的大君，也多少感到有些不快，他沉默地看了一下良秀的臉，接著吐出：「那可不行。」之後，便匆匆地起身離去。

這種情形前後大約有四、五遍。現在回想起來，可以感覺到隨著次數的增加，大君看良秀的眼神是愈來愈冷淡。與此相關的是在女兒這一邊，大概是對父親的憂心吧，每當她回到自己的屋內，經常會咬著袖子低聲啜泣。於是，大君對良秀之女動了邪念的風聞逐漸傳了開來。其中對於地獄變屏風的由來，有人認為這與少女不願順從大君的意圖有關，但這當然也是無稽之談。

從吾等的角度看，大君所以不放良秀之女回家，完全是著眼於少女的可憐身世，因為與其跟著頑固的父親過活，不如在府邸中自由自在地生活。要說大君特別照顧生性溫柔的少女，這是有目共睹確實有的事。然而因此扯出邪淫好色的說法，那就是牽強附會。不，應該說是無稽之談的假話才對。

這些暫且不談，正是因為女兒的事，導致良秀在大君心目中的印象日益低落之際，大君突然傳喚良秀前來，交代他要畫一幅地獄變屏風。

六

一提起地獄變屏風，我眼前就不禁浮現那歷歷在目的可怕景象。

雖然同樣是地獄變，但拿良秀所畫者與外頭的畫師相比較，首先是構圖不相同。在整個屏風的一個角落，畫著十殿閻王與其隨從及部屬的形貌，然後是一整面的淒厲的大火，掀起要將劍山刀樹都融化般的漩渦。除了冥府役人身著唐裝而有點點黃藍色在其中以外，任何一處都是猛烈的火焰色彩，其中四散的黑煙及飛揚的火星，有如卍字般地狂舞著。

單是這樣，運筆的氣勢已經夠驚人了，再加上那些被業火焚身而輾轉痛苦的罪人，幾乎沒有一人是此前類似的地獄畫中所曾見過的。這是因為良秀係以上自王公貴族、下迄乞丐賤役，將各種身分的人們都描繪了下來。其中包括參加朝政的束帶公卿、身著五重衣的年輕侍女、身掛念珠的念佛僧、腳踩木屐的準武士、著長衫的女童、手持冥錢的陰陽師——如果一個接一個地數下去，那將沒完沒了。總之，是各色各樣的人們被捲入烈火濃煙之中，在牛頭馬面的獄卒肆虐下，像被大風吹散了的茶葉般，紛紛向四面八方奔逃。頭髮為鋼叉所捲起、手腳捲曲如蜘蛛般的女人，應該是神巫之流者。而胸膛遭短矛刺穿，如同蝙蝠般倒吊著的男子，應該是掌握權力的有司。此外，有遭鐵棍猛打者、有遭千鈞磐石壓制者、有遭怪鳥嘴喙所攻擊者、有遭毒龍顎齒啃咬者——，罪罰亦配合著形形色色的罪人，而各有所不同。

然而，其中最特殊、最醒目、最悽慘的一幕，是掠過像獸牙般的刀樹頂上（在刀樹的樹梢上已有許多落在刀尖上而貫穿胴體死亡者）的半空，朝下落下的一輛牛車。地獄的風由下往上吹，在車簾內的是一位身著綺羅盛裝的仕女、與身等長的頭髮在濃煙中飄散著，她反仰露出白頸，顯現窒息般的痛苦，她的神情加上燃燒中的牛車，讓人腦中不得不感嘆焦熱火焚地獄的責苦。在這麼寬廣的畫布上所呈現出的恐怖，完全來自一個人嗎。看了畫中人物，耳底似乎自然傳來淒厲的叫喚聲。這真是一幅已達出神入化的傑出之作。

啊，就是這幅畫，就是為了這番描繪，才會發生如此駭人聽聞的事情。若非如此，良秀又怎能畫出這般活生生的地獄苦難景象呢。此人完成這幅屏風的代價，是遭逢失去性命的悲慘境遇。也就是說，這幅畫中的地獄，正是本朝第一畫師良秀本身日後所墜入的地獄。……

大概是急於交代這幅珍貴的地獄變屏風的來龍去脈，我的講話的順序是有些顛三倒四。不過接下來，我要將話題轉向接受指示描繪地獄變之後，良秀的相關發展。

七

從那之後的五、六個月間，良秀沒有進入府邸內，專心一意地進行屏風的繪製。像他這種疼愛子女的人，一旦埋頭作畫，就變得完全無心於和女兒見面，這真可算是不可思議啊。前面提到過弟子所做的描述，一旦啟動，良秀就會像被狐狸附身一樣。不，實際上當時的風評是說良秀之所以能在畫壇上揚名立萬，是因為曾向福德大神立下過誓約。至於證據嘛，你只要在他專注於繪畫時，從陰暗之處悄悄地窺視，必定能看見許多神靈附著的狐狸，不僅是一隻而已，而是一群群地在良秀的前後左右。因為這樣，他一旦開始作畫，一切都處於忘我的地步，而且不論晝夜都關在房子裡，極少見到外面的陽光。——特別是在畫地獄變屏風的時候，這種狂熱更是前所未見。

這裡所要說的並非指大白天放下四周遮陽板，在高腳燈台的火光下祕密調製繪畫顏料，讓弟子們從公卿的便服到平民的狩衣，穿上各種服飾，然後一個一個仔細地描繪下來。——因為幹這種事，不單是畫地獄變屏風，只要是作畫，平時他就是這麼來著。而且不僅於此，當他在畫龍蓋寺的五趣生死圖的時候，曾經故意在倒臥路旁而一般人不敢正視的屍骸前悠悠地彎腰蹲下，臨摹眼前已經開始腐爛的面容跟手腳，甚至連毛髮都分毫不差地描繪下來。究竟這種熱中到了什麼地步，可能還是有人無法體會。現在若要詳細道來，時間也不夠，針對主要的部分，大概可以舉出以下的例子。

良秀的一名弟子（就是前面提到過的那位），有一天正在調製顏料的時候，師父良秀匆匆走到他身邊。

「我想午睡片刻，可是最近我常做惡夢。」由於這並不是什麼稀奇的事，所以弟子並沒有放下手中的顏料。僅禮貌地答道：「是嗎。」

接著良秀的臉色有些落寞地說：

「是這樣子，我要你在我午睡時，坐在枕邊。」

語氣中帶有央求的意味。弟子雖然對師父關注夢境感到有些不可思議，但由於這也不是什麼特別的請託，所以就答應了。良秀還憂心焦慮地說道：

「你就進來吧，若是還有其他弟子要進來，就說我睡了，不要讓他們再進來。」

裡面就是良秀作畫的房間，由於門窗都關著，白天也像夜晚般，屋內燃著昏暗的燈火。還僅僅是以細枝沾著燒焦的炭所構製成草圖的屏風，圍成一圈豎立著。說到良秀，他以手肘為枕，就像似一個疲憊不堪的人，只消須臾便進入夢鄉。然而過了不到一時半刻，在枕邊的弟子耳中，開始傳來難以言喻、令人毛骨悚然的聲音。

八

最初還只是聲音，一會兒之後，逐漸變成說話的聲音，就好像溺水者在水中的呻吟地說著話。

「什麼，要我去？去哪兒呢——到底去哪？去地獄，炎熱地獄。——是誰，你是誰——到底是誰？」

弟子不禁停下顏料的調製，驚恐地偷偷瞧著師父的臉，他那皺巴巴的蒼白臉上，滲出豆大的汗珠，乾枯嘴唇在大開之下，可以看得見口中稀疏的牙齒。在他口中，似乎有線在牽動著，而且不停地轉動著，原來那就是他的舌頭。斷斷續續的講話聲，就是從這個舌頭所發出來的。

「會是誰呢——噢，原來是你。我也想到應該是你。什麼，要來迎接？所以要去，去地獄。在地獄——我的女兒在地獄著等我。」

此時，弟子的眼中有朦朧的怪影，像是從屏風的表面走下來似地，這種感覺令他心裡發毛。他於是拉起良秀的手，拚命地搖著。可是師父仍在夢境中自言自語著，要他張開眼似乎並不容易，於是弟子一發狠，將放置在身邊的洗筆水一股腦地潑向良秀的臉上。

「我等著你，就坐這輛車來——坐這輛車，到地獄來——」這麼說著的同時，良秀的喉嚨好像被給掐住似地，發出呻吟聲，終於張開眼睛。接著，像似被針刺般地慌忙地坐了起來，好像那些異類怪形的東西仍留在他的視網膜般地，有好一陣子還顯露著可怕的眼神，並且張著嘴望著天空，過了好一會兒才回過神來。

「好了，你先退下吧。」良秀以冷淡的口吻說道。弟子知道此刻若有所違逆，必然會遭到嚴厲責罵，所以匆匆離開師父的房間。來到屋外見到陽光，才感覺有如惡夢初醒，鬆了一口氣。

這位弟子的遭遇還算是好的，大約在一個月之後，這次換成其他弟子被叫到裡面。良秀仍然是在昏暗的油燈下，嘴裡咬著畫筆，突然轉身面向弟子開口說：

「要煩勞你了，請裸著身子吧。」由於師父經常吩咐做各種事，所以弟子不疑有他，很快地脫下衣服，赤裸地站著；良秀卻皺著眉頭說：

「我想看看人被鏈條綑綁住的樣子，要暫且對不住你，照我的話做吧。」嘴上這麼說，但手上卻是毫無客氣的意思。這位弟子是位健壯的年輕人，原本就是拿筆不如拿大刀般利落，但看見良秀的樣子，也不禁心頭一震。很久以後當他提起這段經過時，還不斷訴說「我懷疑師父發了瘋，會不會想要殺了我呢。」不過當時的良秀對於弟子愚魯地做不出他想看的動作而感不耐。他兩手拿著不知何處找出來的細鐵鏈，一面叮噹叮噹地響著，一面飛快地撲向弟子背後，不顧弟子的反應，將他的雙手反扣住，然後用鐵鏈一圈一圈地纏住，接著毫不留情地拉扯鐵鏈的一端。由於用力過猛，弟子的軀體重重地摔在地上。

九

此時弟子的身體有如一支酒甕，在地上翻滾著。由於他的手腳都被無情地扭曲著，還能動的就只有頭部了。因此肥壯身軀內的血液因為鐵鏈而停止循環，所以無論是顏面或胴體，都漲成紫紅色。然而良秀此刻似乎沒有什麼反應，他只關注酒甕般的身軀，而且從不同的角度觀察，畫下好幾張特寫。這當中，那位遭綑綁著軀體的弟子所遭受痛楚的程度，就不用我再特別說明了。

如果不是還有事情發生，這種苦楚會持續到何時，還很難講。幸運（或許該稱之為不幸才對）的是過了沒有太久，從屋角一個罐子邊上，宛如黑油般的一條東西，像流動般地前進。一開始還黏乎乎地緩慢地動著，之後速度變快，逐漸滑行起來；不久，散發著若隱若現的光點，游到弟子的鼻尖處，他不禁憋住呼吸大叫：

「蛇呀——有蛇！」

他此刻全身的血液一下子凍結似地，這種反應是一般人都會有的。實際上冰冷蛇信已非常接近因鐵鏈而無法動彈的頸部了。遇上這種突發的事情，就算良秀對弟子再蠻橫，也不禁嚇了一大跳。他慌忙拋下畫筆，趕緊彎腰抓起蛇尾，將蛇由下往下倒吊著。這條蛇雖然反身捲著自己的軀體想往上爬，但到底無法搆著良秀的手。

「就是為了你這個東西，壞了我的一筆好畫。」

良秀憤憤地嘟囔著，把蛇又給拋回原先在屋角的那個罐子裡，接著才心不甘情不願地解開纏繞在弟子身上的鐵鏈。但也僅是解開而已，對於這位溫順的弟子連一句慰問的話也沒有。大概是比起弟子被蛇咬，壞了他在描繪上的一筆畫，還更要令他生氣吧。——後來聽說，這條蛇也是良秀為了描繪動作而特別飼養的。

光是聽聞這些事蹟，應該就能大略瞭解良秀這種對作畫的瘋狂、甚至令人有些畏懼的熱中程度了。最後還要再說一椿為了地獄變屏風，而遭受差點丟掉小命的可怕遭遇。這位弟子只有十三、四歲，是一位面色白皙貌似女子的男孩。有天晚上，他不經意地被叫到師父的屋內。良秀在油燈下，手中拿著腥臭的肉在餵食一隻不常見的鳥類。牠那身軀大小就跟一般的貓差不多。在耳朵的部位生長出琥珀色的羽毛，大而圓的眼睛，跟貓幾乎沒有不像的地方。

十

提起良秀這個人，他是最討厭別人對他的所作所為妄加干涉。這從剛才提到過的那條蛇可以看出，他對於放置在自己屋內的物品，完全不會讓弟子知道的。正因如此，有時他的桌上放置著骷髏、有時會出現銀碗或陳列著金漆的高腳杯。隨著他作畫的差異，隨時會有意想不到的東西出現。但是，這些東西到底收藏在何處，這是任誰都不知道的。這種事也多少助長了外界所議論他受到福德大神冥助的傳聞。

剛才說到的那位少年弟子看見桌上這隻怪異的鳥類，一面心中猜想著是為描繪地獄變所使用的，一面在師父前端坐恭敬地問道：「請問有什麼事？」良秀像似沒聽見地舔了舔紅唇，呶嘴指著鳥兒說：

「如何，已經很馴服了吧。」

「牠叫什麼呀，我到現在都還沒見過呢。」

弟子一邊說，一邊心頭不安地盯著這隻有耳朵、外型像貓的鳥類。良秀不改一貫的嘲笑語氣說道：

「什麼，從來沒見過？在城市長大的人可真糟。這是兩三天前鞍馬山的獵戶送給我的鴟鵂。只不過像這樣馴服的可不多見。」

良秀這麼說著，慢慢地伸出手，在剛吃過餌的鴟鵂背上，悄悄地由下往上撫摸牠的羽毛。而就在此時，鳥兒發出短促而尖銳的叫聲，忽然從桌上飛起來，張開兩隻爪子，猛然朝向弟子的臉上撲過來。若此刻弟子沒有及時伸出袖子，慌亂地遮住臉，那麼他必然已有一兩處的傷口了。接著弟子一面大叫，一面揮動袖子，想要驅趕牠。鴟鵂則是仗著聲勢，嘴又叫又咬——弟子忘了師父就在眼前，時而站起防身，時而蹲坐驅趕，同時不由自主地在狹小的屋子裡四處奔逃。那隻怪鳥也隨之忽高忽低飛翔著，而且會找空隙猛然朝著弟子的眼珠子飛過來。每當牠噗蚩噗蚩地鼓動著雙翅時，煽起一股落葉的氣味，加以口沫橫飛，似猿酒[2]般的腐酸味。說不定真有什麼邪魔妖怪會被這種惡臭的氣味引誘出來呢。這位弟子事後還說，昏暗的油燈下，有如朦朧的月色，師父的屋子此刻就像遙遠的山坳裡，充塞著妖氣的幽谷。

然而，讓弟子感到害怕的，除了遭遇鴟鵂的襲擊以外，更令他汗毛豎立的是師父良秀面對騷動，除了冷漠的觀望以外，還有就是徐徐攤開畫紙，舔著筆，描繪有如女子般的少年遭受怪鳥肆虐的可怕景象。弟子當時用餘光看到這情形時，忽然感受到一股說不出的恐懼感，實際上，那一刻他真懷疑自己會被師父謀害。

十一

實際上被師父謀害的可能並非完全沒有。良秀那天晚上刻意叫弟子進入他屋內，並且唆使鴟鵂攻擊，然後將弟子魂飛魄散奔逃的樣子畫下來。因此，當弟子在慌亂中看到師父的神情後，不由得用兩隻袖子蓋住頭，嘴裡發出連自己都不知意義的哀號，並且蹲踞在房間一角的拉門邊上。而就在此時，良秀不知為何也發出驚慌的叫聲，並匆忙起身；忽然間，鴟鵂的雙翅拍動的更劇烈起來，並傳來弄倒東西及物品破碎的聲響，並且變得較前更為吵雜。這使得弟子再度驚心動魄，

[2] 譯註：山裡的猿猴將摘取的果子儲存在樹洞或岩洞中，待自然發酵後便成為所謂的猿酒。

不由得抬起頭來。此時屋內變得黑漆一片，耳朵傳來師父急切地向外呼叫的聲音。

不久，外面傳來應答聲，接著，有人提著燈匆忙進入，透過那煤臭味的油燈，可以看見高腳燈台倒了，地板及榻榻米上沾染著大片的油漬。剛才那隻鴟鵂現在僅以一邊的翅膀無力地扇動著。良秀則是在桌旁直著腰，嘴裡喃喃地不知在說些什麼。——難怪會如此，原來那隻鴟鵂從頸部到一邊的翅膀，纏繞著一條黑蛇。大概是這位弟子在屋內奔逃時，打翻了罐子，於是蛇爬出來攻擊鳥，引發蛇鳥大戰。兩名弟子面面相覷，茫然地看著屋內的不思議的情景。接著他們對師父行了一個禮，悄悄地走出房間。至於黑蛇與鴟鵂的下場，任何人都不知道。

類似這種事情，另外還有幾樁。前面提到過，大君下達畫地獄變屏風的指示是在初秋時分，自那時開始至冬末為止，良秀的弟子們不斷遭受到師父怪異舉動的威脅。那年的冬末，良秀大概是因為屏風畫的進展不順利，變得較以往更為陰沉，說話的語氣與眼神更為粗暴。屏風的構圖完成八成之後，就停頓下來而無任何進展。不但如此，已完成的部分還動不動就塗抹掉。到底屏風不能順利進行的癥結在哪，沒有人知道，而且也沒有人想要知道吧。

前面提過，曾因良秀怪異舉動而受苦的弟子們，都有著與師父同處一間獸檻的感覺，而且心裡已有盡可能不接近師父身邊的打算。

十二

因此，這段期間裡，沒有特別值得一提的發展。若非要找出什麼來，那就是這位倔強的老頭，不知為何變得脆弱且容易流淚，甚且在無人的地方會獨自哭泣。有一天一位弟子不曉得是為何事穿過走廊要到前庭時，看見師父站走廊邊茫然眺望著春天將臨的天空，但眼眶中充滿了淚水。弟子見到這般情景，反倒有些尷尬不知該如何是好，只能默默地退下。當初那個為畫五趣生死圖而描繪路倒的屍體的傲慢良秀，竟然會因為該如何描繪屏風，而像兒童般地哭泣，這委實是難以想像的怪異。

正當良秀以非常人般地全心投入屏風的描繪的同時，他的女兒也開始出現落寞寡歡的轉變。但在我們的眼中，她是強忍著淚水，心事重重的樣子。她本就是位面帶愁容，皮膚白皙而溫柔的女性；現在更是顯得眉毛沉重，眼圈發黑，一臉茫然無助。一開始我們推想可能是擔憂父親，或是得了什麼相思病，其間也出現有關大君對她有意、但她卻不接受的議論。但很快地，人們似乎將她遺忘，也就沒什麼人再去談論她了。

也就是這一陣子的事吧。有一晚，已經夜深人靜了，我一個人通過走廊時，那隻猴子良秀突然快步飛奔過來，頻頻拉著我身上褂子的下擺。那一個聞得到梅花香味、淡淡月光照射的溫暖夜晚。在月光下，我看見猴子張嘴露出的白牙，牠縐著鼻頭，像發狂般地廝叫著。我感到三分害怕，七分卻是因新褂子被拉扯而感到憤怒。原本想伸腿踢開猴子繼續走我的路，但正要出腳時，忽然想到之前那位武士出手打猴子而惹得少爺不快的事，再看猴子的動作也不像平常那樣，於是我決定依照牠所拉扯的方向信步走了五、六間[3]。

來到走廊轉彎處，在夜色中，池塘裡水映照著清幽的松木。正巧來到這裡時，附近屋子裡傳來有人的爭吵的聲音傳到耳內，急促而怪異。周遭寂靜無聲，月光混和著薄霧，此刻除了魚躍水中以外，應該沒有別的聲音才對啊。但卻傳來這種怪聲，我不由得停下腳步，心想若有人在此撒野，一定要給他點顏色瞧瞧。於是我摒住氣息，悄悄將身子貼近拉門邊。

十三

然而猴子大概認為我的動作過於緩慢，牠急躁地三番兩次在我腳邊躍動著，並發出有如咽喉被掐住時的叫聲，之後突然一躍而上了我的肩膀。我不由得反轉脖子，避免被猴爪抓到，猴子這時緊抓著衣袖，免得從我的身體滑下去。——就在這時，我的腳底踉蹌地了滑了一步，背部撞在拉門上。事到如今，已不容得我再猶豫，我猛然打開拉門，想衝進月光照射不到的裡面。此時，什麼東西遮擋住了我——不，是一名女子從裡面慌張地衝出，差點與我撞個滿懷。接著她不知何

[3] 譯註：一間約為一點八米。

故，雙膝一跪，大口喘息地望著我，好似看到了什麼可怕的東西般地，戰慄地瞪著雙眼。

不消說，她是良秀的女兒，可是那天夜晚，在我的眼裡她卻完全變了一個人。睜大的眼睛散發著光芒，雙頰如火般的紅潤，零亂的襯衣與裙子，使她一反平日的稚氣，增添了嫵媚的艷麗。這真的是那平日柔弱、凡事溫良恭儉的良秀女兒嗎。——我用身體靠著拉門，一面盯著月色下的這位美麗姑娘，一面用手指了指慌忙走遠的另一人所發出的腳步聲，以眼神而未出聲地詢問道。

被這麼一問，女子咬著嘴唇，沉默地搖著頭，滿腹委曲的樣子。

於是我彎下腰，在女子的耳邊再次低聲問「是誰」，女子仍然光是搖頭而不回答。不，與剛才不同的地方，是長長的睫毛下方，漲滿了淚水，而嘴唇咬得比原先更緊了。

生性魯鈍的我，是除了顯而易見的事物以外，其他的事可說是一竅不通，所以我也不知道該說些什麼安慰話，只能呆呆地聽著女子因激動而急遽起伏的呼吸聲。除此之外，我也不想再追問下去。

這樣持續了一段時間後，我將打開著的拉門給關上，回頭望著激情已略為消退的女子，以盡可能溫和的語氣說：「回妳的屋裡去吧。」而我自己則像看到什麼不該看的東西，懷著不安的心情，不知該對誰感到羞愧般地，往來的方向走去。但還沒走上幾步，褂子的下擺又被什麼拉住了，我吃了一驚連忙回頭看，各位猜猜看會是誰。

一看之下，才知道是猴子良秀，此刻牠人模人樣地兩手扶地，一面響著鈴噹，一面不停地嗑著牠的頭。

十四

從那天晚上的事之後又過了半個月吧。這一天良秀突然到府邸要晉見大君。良秀的身分雖然卑微，但由於他深得大君的寵信，所以平日不太容易見得著的大君，那天很快地便同意了，並且傳喚他立即來到面前。良秀跟平常一樣，穿著丁香染的狩衣，頭戴皺巴巴的烏帽子，擺著一張較平日更為陰沉的臉，他先恭敬地在大君面前跪拜行禮，之後響起沙啞的聲音。

「您之前所交代繪製地獄變屏風一事，由於我日夜苦心孤詣地不停運筆，現在總算近接完成的地步。」

「那真恭喜你了，聽你這麼一說，我覺得很滿意。」

大君雖然嘴上這麼說，但語氣中卻奇妙地令人感覺有些欲振乏力的失望。

「不，這一點也不值得恭喜。」良秀語氣中稍帶惱怒，垂下視線繼續說：「整幅畫的概略都已完成，只有一個地方，直到現在還畫不出來。」

「什麼，還有畫不出來的地方？」

「確實如此。總體而言，沒有見過的事物我是難以描繪出來的。就算要畫，也不能得心應手。這樣與不能畫完全沒兩樣。」

聽良秀這麼說，大君臉上浮現出一股嘲笑般的微笑。

「照你的說法，要畫地獄認變的屏風，非得見到地獄不可囉。」

「確實是如此。這就好比去年發生大火之際，曾親眼看到宛如炎熱地獄的猛火，所以才畫得出『不動明王』的火焰，這完全是靠著那場火災。您大概也記得那幅畫吧。」

「罪人又該怎麼畫呢，你或許沒見過獄卒吧。」大君彷彿沒有聽見良秀說的話，這樣逼問著。

「我看過被鐵鏈綑綁住的軀體，以遭怪鳥攻擊者來寫生，所以不能說不知道罪人因罪罰而受苦的態樣。至於獄卒嘛——」說著，良秀露出悽慘的苦笑，「說到獄卒，曾經多次出現在我的夢境裡，有的是牛頭、有的是馬面、還有三頭六臂的鬼面形狀，牠們拍手沒有聲音、張口也出不了聲，牠們前來肆虐我，幾乎每日每夜都會出現。——我想畫卻畫不出的並不是這一類的場景。」

聽了這番話，就連大君這種見過大風大浪的人，都感覺心頭一震。

「那麼，你畫不出來的究竟是什麼？」

十五

「我想在屏風的中央，畫一輛由檳榔葉裝飾在車箱上的牛車從空中落下來。」良秀說著並且以銳利的眼光望著大君的臉。之前我聽說過良秀對繪畫的狂熱，此刻看到他那犀利的眼神，確實是令人感覺到震懾。

「牛車裡面坐著一位身分地位高的女官，烈火中黑髮散亂著，面臨窒息般的苦悶。她在被濃煙嗆著時，蹙著眉，仰望著掀空了的車頂，正撕著牛車上的窗簾，想擋住不斷從天上掉落的火星，她的周圍有十幾廿隻的怪鳥張著鳥喙不停發出怪聲，在身邊飛繞著。——可是，我就是無法描繪出牛車上的那位女官。」

「是嗎——該如何呢。」

不知為何，大君臉上出現一絲喜悅的神情，催促良秀接著說下去。良秀還是那樣鼓動著乾熱的紅唇，以夢幻般的語調，再次地重複著：「我就是畫不出來呀……」

然而，他突然咬著唇，冒出一句：

「請找一輛檳榔葉子裝飾的牛車，在我面前引燃吧。如果能這樣做——」大君先是臉色陰沉下來，可是過了片刻，突然仰身大笑，過了許久才停下來說：

「好，一切都照你說的去做。不用再討論能不能做得到了。」聽了大君的話，我有一股美莫名的預感，感覺到心頭一陣淒涼。至於當時大君的神情，他嘴角冒著白沫，眉毛像閃電般上下移動，好像感染上良秀的對作畫的瘋狂。大君說完這些話，停頓了一下，隨即又像爆發般地狂笑著說道：

「而且裡面還坐著一位花枝招展的女子，穿著高階女官的服飾。在烈火與濃煙的夾攻下，車中的女子即將被悶死——能夠想到要畫這種場景，真不愧是天下第一畫師呢。值得讚揚，值得讚揚。」

聽完大君的話，良秀臉色驟變，只有嘴唇因喘息顫動不止，過了一會兒體內的筋肉舒緩了，他才將兩手放在蓆上，用幾乎聽不見的聲音恭敬地說道：「感謝大君的成全。」這大概是因為他那恐怖的意圖，被大君挑明了而不知所措吧。這是我一生中的首次，覺得良秀此刻是個可憐人。

十六

從那之後又過了兩三天的一個夜晚，大君照約定傳喚良秀來到預定焚燒牛車的場所，好讓他能親眼目睹。不過這一地點並不在堀川的府邸，而是在俗稱雪解的御所，也就是昔日大君的妹妹在京都近郊的一處山莊。

這個雪解的御所已經有好長一段時間沒有人居住，廣大的庭院由於無人管理而荒廢，或許正是缺少人氣所形成的氛圍，有人便繪聲繪影地說那位死去的妹妹會在沒有月色的夜晚，穿著怪異的紅裙子，腳不觸地在廊下走動著。——會有這種傳聞也難怪，因為這裡連白晝都寂靜異常，一旦太陽下山後，庭園造景的流水聲便顯得陰森可怕，明亮星空所飛過的鷺鳥，也會被認為是怪物，令人不禁毛骨悚然。

剛好這是個沒有月亮的漆黑夜晚，順著大殿油燈形成的影子望過去，大君是坐在靠近屋簷下走廊的位置。他身著淺黃色貴族的直衣，搭配深紫色浮紋的指貫褲，在白底棉邊的圓座上，高高在上地盤腿而坐。在他前後左右護衛著有五、六人，恭敬地蹲踞著。雖然沒有特別說明的必要，但其中有一人很顯眼，他是前幾年陸奧戰爭[4]時，因為飢餓而吃人肉，並且能夠撕裂鹿角的強悍武士；他身著腹兜，武士刀以刀柄朝下地佩在腰際，在屋簷下方嚴密地戒備著。——這些人在夜風吹拂下的燈火照耀下，忽明忽暗，分不清是夢是真，不知何故令人有種畏懼的感覺。

除此之外，停放在庭院中的牛車，高聳車蓋下的夜色陰沉沉的，沒有牛可拉的黑色車轅斜架在車旁上下客時所使用的榻台上，車上的金屬裝飾如同星星般地，閃閃地發著光，雖說已是春天，但仍然令人肌膚感到寒冷。由於牛車垂掛著邊上有浮線綾的青色簾子，因此難以知道裡面有些什麼。牛車四周的雜役家丁們手持火把，深怕黑煙會飄向大君所在的屋簷方向，所以皆顯得緊張惶恐。

至於良秀，是位在距離稍遠、正好面對屋簷的地方，他還是穿著丁香染的狩衣、頭戴軟烏帽子。在星空的重壓下，似乎顯得較平日更瘦小與寒酸。他後面還有一人，同樣是穿狩衣戴軟烏帽子蹲著，大概是他所帶來的弟子。由於他們都在較遠的暗處蹲踞著，所以難以判定穿著衣服的顏色。

4 譯註：一〇五四年開始的九年當中，陸奧的安倍氏與源賴義之間的戰爭。

十七

時間已接近午夜，四周只有廣大庭園的泉水流動聲所籠罩的黑夜裡，窺視這一夥人動靜的，只有微弱的夜風及從火把所飄散過來的煤味。大君默然地凝視眼前這片怪異的景色，接著挪了挪膝頭，以尖銳的聲音叫道：

「良秀。」

良秀回應了一些話，但在我的耳裡，他說的話彷彿無助的呻吟般。

「良秀，今夜就要如你所願，將牛車點上火，你可要看好了。」

大君這麼說著，同時斜著眼左右看了看，他不知是和其中的哪一個交換了別有深意的微笑，不過這也或許是我的錯覺。此時良秀惶恐地舉頭望著走廊邊，但什麼話也沒說。

「看好了，這就是我平日乘坐的牛車，你該記得吧。我現在就要放火燒車，在你的眼前呈現炎熱地獄。」

大君欲言又止地對身邊的人使了一個眼色後，接著提高音量，且以不高興的語調說道：「牛車內乘坐著一名遭綑綁的有罪侍女。只要牛車開始引燃，她必然會燒得肉黑骨焦，嚐盡人間的最痛苦。這對完成你的屏風工作，應該是再好不過的手帖了。你可別看漏了雪白的肌膚燒得潰爛的情景，更要畫下黑髮繞成火星在空中飛舞的景象。

大君又再一次停頓，好像在思考什麼似地，接著搖動肩膀低聲笑著說：

「這是以後都難得一見的場景，我也要在此觀賞。好了，將車簾打開，讓良秀也看看裡面的女子。」

聽到指示後，一名家丁手持火把走近牛車，另一手猛然掀開簾子。在燒得吱吱作響的火把照耀下，鮮活地映照出狹窄車廂中的景象，那位慘遭鐵鏈綑綁在座椅上的女子──啊，會不會看錯呀。那位穿著色彩艷麗的櫻花刺繡唐裝、秀麗的長髮下垂著、頭上所配戴的金釵散發著美麗的光彩；打扮雖然不同於以往，但嬌小的軀體、白皙的頸部，還有那孤寂而恭謹的臉龐，這不是良秀的女兒又會是誰呢。我差點要叫出聲音來了。

就在此時，蹲在我對面的武士連忙起身，單手握住刀柄，並凝視良秀所在的位置。看到這光景，良秀不禁大驚失色，同時喪失了理智。原本蹲著的他，急忙站起身，雙手前伸，不知不覺地想往前走。只可惜距離過遠，看不清他臉上的表情。可是就在這一瞬間，良秀那張毫無血色的臉，像似被什麼看不見的力量吊到空中，衝破黑暗猛然浮現在我眼前。此時，耳邊響起大君下的命令：「點火」，家丁們將手中的火把投向女子所乘坐牛車四周的木柴及油脂。火舌隨即上竄。

十八

眼看著火舌已將車蓋吞噬。車廂上所附著的紫流蘇因煽動而飄揚起來。其下濛濛夜色中，可以看見捲起白色煙霧的漩渦，不管是簾子、袖子、或裝飾用金屬，一時間都碎裂四散，火星像雨般地飛舞著——那種淒厲簡直無法形容。熊熊火舌纏繞在牛車門邊，烈火上升到半空中，火焰的顏色如同太陽落下時的所迸散開來的天火。之前還曾差點大叫的我，此刻已魂飛魄散，只能茫然地張著嘴，雙眼注神著眼前的可怕景象。可是父親良秀呢——

良秀當時的表情，我直到今天也忘不掉。他雖然情不自禁地快步向前，但在火焰冒出時，他停下了腳步，儘管仍伸著手，但目光卻被眼前的景象吸引住，他注視著被火焰與濃煙所圍繞的牛車。火光照在他身上，清楚地看得見他那滿是皺紋的容貌，就連鬍渣都看得一清二楚。他瞪大眼睛，歪著嘴唇，面頰因為痙攣而不停顫動著，恐怖、悲傷與震驚不停在他心中交錯著出現，這情形清楚地表現在他臉上。就算是即將問斬之前的盜賊，或是被帶往十殿閻王面前大逆不道的罪人，大概也不會有如此痛苦的表情吧。此刻就連大君身旁那些強而有力的武士，也不由得變了臉色，忐忑不安地望著大君的臉色。

大君緊咬著嘴唇的同時，不時露出令人害怕的微笑，眼睛一直盯著牛車的方向。至於車子裡——啊，我當時雖然也看到了女子的形體，但怎麼也沒有再次細說的勇氣。她那因濃煙而後仰的白皙面孔，被烈焰掃到的散亂頭髮，以及瞬間就要陷入火中的美麗櫻花唐裝，——這是何等淒慘的景色呀。尤其是夜風吹拂過來，濃煙飄向另一邊時，火上像撒了金粉般。火焰中所浮現的女子，嘴裡咬著頭髮拚命想掙脫綑綁在身上的鐵鏈的模樣，不禁令人懷疑在地獄中所受的罪刑，正活生生地呈現在眼前。此刻別說是我，就連身強力壯的武士們也看得膽顫心驚。

一陣陣夜風吹來，掠過庭院裡的樹梢；就在此時忽然出現一個黑影，並沒有落地，可是也不像飛翔似地，反倒像球一樣跳躍著，飛快地從御所的屋頂上一躍跳進了大火燃燒著的牛車中。在塗著朱漆的車門被燒得七零八落之際，抱住反仰的女子，發出布帛撕裂般的尖銳叫聲，並且在痛苦不堪下，忽上忽下不斷跳躍著。接受又傳來兩三聲，我們這才不由得齊聲叫了出來。原來在如同帷幕般的火焰前，摟著少女肩頭的，竟是那隻養在堀川府邸，諢名良秀的猴子。當然不會有人知道這隻猴子是如何偷偷地來到御所。平日深受少女寵愛的猴子，竟然也跳入了火海之中。

十九

然而，看到猴子身影也不過是一瞬間，之後在金粉般的火星飛揚之際，牠與女子的身形便被黑煙遮蔽。庭院的中央僅看得到一輛牛車在熊熊的火光中燃燒沸騰。不，與其說是火燒車，更像是一團火柱直衝上天，也才能形容當時可怕的火焰。

至於在火柱之前直挺挺地僵住的良秀——這真是奇怪呀。先前還處於地獄責罰般痛苦的良秀，此時臉上卻顯現出難以言喻的光彩，就好像在恍惚中聽聞佛法後的隨喜，使得滿是皺紋的臉上顯現出光輝，似乎忘了身在大君的面前，他兩手交叉抱在胸前，佇立不動。在他的眼中，似乎看不見女兒窒息而死的景象。只有美麗火焰的色彩，其中痛苦的女子身影，是無比的賞心悅目——終於看到了這般景象。

更不可思議的，倒不是良秀欣喜地注視獨生女兒死前的掙扎痛苦，當時的良秀不知怎地不似個凡人，倒有如夢中所見到的獅子王怒吼般地，有一股怪異的尊嚴。我之所以這麼認為，是因為那些被火焰驚嚇而狂飛亂叫的無數飛鳥，都不敢接近良秀的軟烏帽子。或許無心的鳥兒們，感受到他的頭頂上，有著一圈莊嚴的光環吧。

連飛鳥尚且如此，何況是我們這些家臣雜役，大家都摒氣凝神，內心戰慄著，但卻充斥著異樣的隨喜之心，就像望著開眼佛一般，目不轉睛地注視著良秀。熊熊大火吞噬著牛車，和魂飛魄散呆立在前的良秀，這是何等般的莊嚴、何等般的歡喜呀。然而這當中，只有在走廊邊上的大君，卻和別人完全不同，他臉色鐵青，嘴角吐著白沫，兩手緊抓著紫色指貫褲的膝蓋，喉嚨像乾渴的野獸般，不停著喘息著。

二十

那夜在雪解御所燒燬牛車的事，不知經由誰的嘴流傳到世間，也因此產生各種各樣的評論與批判。首先是大君為何要燒死良秀的女兒——最多的傳聞是因愛轉恨。然而依我看，大君之所以這麼做。完全是針對寧可燒車殺人，也要完成繪製屏風的畫師劣根性，而予以懲罰。我曾親耳從大君的口中聽他這麼說過。

其次批判的是良秀，他竟然眼睜睜地看著女兒活活燒死，也要完成屏風的畫作，真是鐵石心腸到極點的傢伙。還有人指責他是為畫不顧親子之情，真是人面獸心、禽獸不如。那位橫川的僧官就是支持這種看法中的一人，「即使在某種技藝上有過人的才華，但若不辨五常，最後必將身墜地獄。」是他經常掛在嘴邊的話。

從那之後的一個月，終於完成地獄變屏風的良秀立刻將畫帶到府邸，恭請大君御覽。剛好這位僧官也在場，當他對這幅屏風畫約略一看之下，果然對畫中舖天蓋地襲來的猛火而震驚不已。原先板著臉沒給良秀好臉色看的僧官，此刻地不禁拍著膝頭高聲讚道：「畫得好！」聽到這番讚揚的大君，臉上所露出的苦笑，是我所未曾忘記的。

之後就無人再對良秀惡意批評了，最起碼在府邸中是聽不到了。任誰看到屏風，不管平日是多麼憎惡良秀，都會被他那不可思議的莊嚴心所打動，且如實般感受到炎熱地獄的大苦難吧。

然而此刻良秀早已不在人世了。在屏風完成後的第二個夜晚，他就在自家的橫樑上垂繩自縊而死。獨生女兒已先他而去，良秀自己恐怕也不可能再安閑地過日子了吧。良秀的屍骸就埋在後院裡。然而那塊小小的墓碑經過多年的風吹雨打跟曝曬後，早已被青苔所遮蓋而難以辨識所埋是何人了。

南京的基督

一

在一個秋季的夜晚時分，南京奇望街上某棟房子的一間屋子裡，一位面容蒼白的中國少女，在古樸的桌前用手托著腮幫子，同時一面無聊地嗑著盤中的瓜子。

桌上放置的油燈散發出昏暗的光芒。它的光芒其說是照亮，反倒是使得屋內顯得更加陰沉。在壁紙呈現剝落狀的屋內一個角落，擺放著一張毛毯搭在邊上的籐製眠床，從頂上垂下布滿灰塵的帳子。在桌子邊上，有一張古樸的椅子，像似被遺忘地棄置在那兒。除了這些以外，環視四周，這間屋子裡看不到其他任何的擺設或家具。

這些和少女似乎無關，不過她在嗑瓜子的空檔，偶而會抬起清澈的雙眼，凝視桌後另一面牆。注意一看，可發現牆上大約是在鼻子的高度，釘著一根彎曲的釘子，上面懸掛著一個小小的黃銅製十字架。十字架上浮雕樸拙的受難基督，祂張開雙臂的輪廓朦朧般地浮現著。每當少女眼神觀注十字架時，她那長長的睫毛後面的孤寂總會瞬間消失不見，代之的是綻放著的純真。然而，當她視線移開後，便會嘆口氣，垂下披著已經褪色的黑緞子上衣的肩頭，再度卡嗤卡嗤地嗑著瓜子。

少女名喚宋金花，是現年十五歲的私娼，為了幫助貧窮家庭的生計，夜夜在這間屋子裡等候客人上門。在秦淮河畔許多私娼中，像金花這種姿色，可說是如過江之鯽不可勝數。但要說起個性的溫順優雅，就難找到幾個能與她相比的了。她與那些賣笑的同行不同，她既不說謊也不任性，每夜都以愉快的微笑，來接待進入陰暗房間的形形色色顧客，陪他們說笑。當極少數的顧客所給的夜渡金多於應有的額度時，她那獨居的父親便可多喝上一杯酒。這種事也會令她欣慰無比。

金花的上述行為模式固然她與生俱來的個性有關。若硬要找出其他的理由，那應該是已去世的母親在她孩提時期開始，便照著牆上所懸掛十字架的訓示，不停地灌輸她羅馬天主教的信仰吧。

❖ ❖ ❖ ❖ ❖ ❖

說這話是今年春天的事。一位年輕的日本旅行家利用考察上海跑馬場的機會，順道尋幽探訪華南的風光，因而在金花的房間裡渡過好奇的一夜。當時他叼著雪茄，讓體態輕盈的金花坐在他穿著西裝褲的膝上，忽然他注意到牆上所掛著的十字架，於是用不純熟的中國話好奇地問道：

「妳是基督徒嗎？」
「是呀，我五歲時就受洗了。」
「那為什麼還做這種營生呢？」
在這一瞬間，他說話的語調似乎摻雜了一些譏諷。不過金花依然將梳著鴉髻的頭依偎在男子的手臂裡，用與往常相同的晴朗語氣，露齒一笑地答道：
「如果不做這行買賣，爸爸跟我都要餓死了呢。」
「妳父親年紀大嗎？」
「嗯，他已經直不起腰了。」
「可是嘛……幹這種營生，妳會想著不能進天堂嗎？」
「不會。」
金花瞄了一下十字架，眼神陷入沉思。
「在天國的耶穌一定會體諒我的境遇的。——如果不能這樣話，那麼耶穌基督與姚家巷警察署裡的差役又有何不同呢。」
年輕的日本旅行家微微一笑，接著從上衣口袋中掏出一對翡翠耳環，親手將耳環掛在她的耳垂上。
「這是我準備帶回日本的禮物，現在就送給妳當作今夜的紀念品吧。」

❖ ❖ ❖ ❖ ❖ ❖

金花從下海接客的初夜開始，便是以這種自信的態度面對客人。

可是就在一個月前，這位虔誠的私娼不幸染上了惡性楊梅瘡。聽聞此事的姊妹淘陳山茶，傳授她飲用鴉片酒來止痛的秘方。另一位姊妹淘毛迎春則將自己服用後剩下的汞藍丸、迦路米，特意送來給金花。然而儘管窩在屋裡不接客，金花的病就是沒法好起來。

有一天陳山茶來金花的房間串門子時，一本正經地說出一種迷信的治療法。

「妳如果能將這個病轉移給客人的話，那就快轉移吧。如此一來，只要兩三天便一定可以痊癒了。」

金花聽了只是用手支著面頰，並未心動。不過她對陳山茶的話多少有些好奇心，於是輕聲問道：「真的嗎？」

「當然是真的啦。我姊姊就跟妳一樣，這種病一直好不了。可是自從將它回傳給客人後，病就馬上好了喲。」

「那位客人怎麼樣了？」

「那位客人可就慘了，聽說連眼睛都瞎了呢。」

等陳山茶離開之後，金花獨自跪在牆上所懸掛的十字架前，仰頭望著受難的基督，誠心地開始祈禱。

「在天國的耶穌基督啊，我為了養活父親而從事著下賤的營生。可是呢，我的營生是只有弄髒自己一個人以外，不會給其他人增加麻煩。因此，我就算像這樣死掉了，也必定能進入天國。可是現在的我，若不把病移轉給客人，就會一直不能接客。——雖然這麼做了，就可以讓自己獲得痊癒——但我已下定決心，就算會餓死，我也不會和客人睡在同一張床上。要不這樣，我就會為了自己的幸福，而讓無冤無仇的人受罪。可是雖然如此，我也不知道何時會落入誘惑之中而犯錯。在天國的耶穌基督，請保佑我，因為我除了您以外，再也沒有可依賴的人了。」

宋金花下定決心之後，接下來無論陳山茶或毛迎春再怎麼勸說，她都堅持不再接客。有時一些熟識的客人進到她的屋子裡，金花除了陪著抽抽煙卷以外，決不順從客人其他要求。

「我得了可怕的病，你若靠我太近，會被傳染喲。」

喝醉的客人都會強要金花陪宿，但金花一定會這樣回答，同時還會毫不顧忌地拿出患病的證據。因為這樣，漸漸地上門的客人愈來愈少；也正是這個原因，她的生計也一天不如一天。……

這一天晚上，她又依靠著桌子一直發著呆。與之前相同地，她的房間裡仍然不見客人的蹤影。隨著時間的經過，夜已經深了。所能聽見的，就只有不知何處傳來的蟋蟀聲。不僅如此，在毫無熱氣的房間裡，寒氣順著地面上所舖的石板，有如冷水般地浸入她那灰色緞子鞋裡的纖細雙足。

金花瞪著昏暗的油燈，伸手抓了抓戴著翡翠耳環的耳朵，並且打了一個呵欠。幾乎就在同時，塗著油漆的門被用力推開，一名不曾見過的外國人似迷路般地闖了進來。由於他的動作有些踉蹌，使得桌上油燈裡的火受到風的移動而一下子熾烈起來，並且使得狹窄的屋子裡剎時漲滿帶有油煙的紅光。客人那張映照在光線中的臉，一度想湊近桌邊，但隨即站直身子，並依靠著剛關上的油漆門。

金花不假思索地起身，呆呆地將視線投向這位在這一帶並不常見到的外國人。客人年約三十五、六，身穿有條紋狀的茶色西裝，頭戴相同質地的鴨舌帽，大眼，蓄著絡腮鬍，臉頰顯露經常曝曬在太陽下的顏色。此人必定是位外國人，但他到底是西洋人還是東洋人呢，竟然難以分辨。他那黑色的頭髮露在帽子外面，嘴上叼著已熄滅的煙斗，站立在門口的模樣，任誰看了都會認為是爛醉的路人找不到家門。

「你有什麼事嗎？」

金花這時感到些許懼怕，她就那樣地站在桌前質問著。對方搖著頭，以手勢表示不懂中國話。接著他拿下叼著的煙斗，用流暢的外國話說了一些不知意思的話。這回換成金花，除了因搖頭而使翡翠耳環反射油燈的光芒而躍動以外，別無其他辦法。

客人看到她那困惑而眉頭深鎖的美麗模樣，大聲笑著，同時輕浮地脫下鴨舌帽，朝向她蹣跚地靠過來。接著一屁股坐在桌子另一面的椅子上。金花此時雖然能夠確定以前並未看過這張外國人的臉，但她卻有面熟的感覺，而且是一種親切感。此時客人不客氣地伸手捏著瓜子，但卻不嗑咬，只是一個勁地盯著金花。接著他混雜著怪異的手勢，說出不知哪個國家的語言。女方雖然不懂他的意思，但大致能推斷出這名外國人對她所從事的營生，多少是了解的。

和不懂中國話的外國人共度漫長夜晚，對金花來說並不是算稀奇。於是她在椅子上坐下來，用幾乎是習慣性的討人喜愛的神色，微笑地和對方人說起完全不能溝通的嘻笑言語。可是說也奇怪，客人似乎也能懂得一點她所說的話似地，不時回上一兩句外國話，接著發出興高采烈的笑聲，同時雙手更忙碌地表現出各種意義的手勢。

客人所吐出的氣息充滿酒臭味，但他那張因醉酒而漲紅的面容，卻使原本索然孤寂的房間，因為雄性的活力而變得明亮起來。最起碼對金花來說，眼前這個人不同於她日常見慣的南京當地的本國人，而且長相也較之前所看過的東洋人、西洋人體面。然而與此無關地，剛才她那似曾相識的感覺一直存留在心底。金花盯著客人額頭上所垂掛的一綹捲曲黑髮，嘴上雖然輕聲輕語地嘻笑著，但心中卻拚命思索是否在何時曾見過這張面容的各種記憶。

「不久前和他肥胖的太太一起乘坐畫舫的那個人吧。不，不是，那個人的頭髮顏色要紅得多。那麼會是秦淮河畔夫子廟前拿著照相機的那個人嗎。但那個人較眼前的顧客年齡要大。對了，他就是上次在利涉橋旁的飯館前，用粗藤條猛打人力車夫的背，而引起人群騷動圍觀的那個人沒錯，可是……，那人的瞳孔應該更藍一些才對呀。……」

金花在回想這些事情的同時，眼前的外國人仍然興高采烈，而且不知何時將煙草裝填進煙斗中，並吞吐著香味濃郁的煙霧。此時他似乎又想說什麼似地，溫和地笑著，並且伸出一隻手上的兩根指頭，到金花面前，同時以身體語言表現出詢問之意。兩根手指是代表著二美元的金額，這是任誰都能明白的。不能接客的金花一面靈巧地嗑著瓜子，同時兩度含笑表示出拒絕之意。客人的反應是將粗壯的手肘撐在桌上，在昏暗的燈光下，把醉醺醺的臉向前湊，凝視著她，接著又伸出三根指頭，然後做出期待著回答的眼神。

金花挪動了一下椅子，嘴裡咬著瓜子，同時顯露出困惑的表情。客人一定以為她不願意以三美元的代價將身體任由人擺布。面對於語言不通的客人，想要使他瞭解深入而複雜的事情，大概是不可能了。金花這時後悔自己的輕率之餘，冷淡地將視線朝外，並再次堅定地搖了搖頭。

然而身為對手的這個外國人臉上浮現著笑容，並且在遲疑一會兒之後，伸出了四根指頭，並且用外國話不知在說些什麼。束手無策的金花只能勉強控制自己的臉色，此刻她已無力微笑，並且決定在無計可施之下，只能藉拚命搖頭以打消對方的念頭。誰知就在這麼考慮時，客人像似要抓住眼前看不見的東西似地，張開了五根指頭。

兩人這種手勢與身體語言交互問答持續了甚長的時間。這當中，客人的指頭一根一根地增加，最後終於擺出加到十美元也在所不惜的架勢。十美元對於一位私娼來說，應該不是筆小錢了，但這並不會改變金花的決心。她從剛才便推開椅子站起身來，佇立在桌前，看到對方伸出兩手的指頭，不禁心情焦燥地剁著腳，一個勁地搖著頭。而就在此時不知怎地，原本懸掛在牆面釘子上的十字架突然鬆脫，發出微弱的金屬聲後，落在腳下的石板上。金花慌忙地伸手，小心地將十字架拾起來。她無意中瞧見十字架上所雕刻的受難基督的面容，不可思議地，這與桌子對面那位外國人的容貌幾乎完全相同。

「難怪我一直覺得在哪裡見過他，原來是耶穌基督的尊容。」

金花將黃銅製的十字架貼緊穿著黑緞子上衣的胸口，面對桌子對面的客人，投以驚訝的眼光。客人仍然是在昏暗的油燈下，面露醉容，不時地吐著煙霧，臉上浮現著意味深長的微笑。同時他的眼珠子不斷反覆打量著金花，——大概是從雪白的頸脖子到戴著耳環的耳垂部位吧。金花並未心生不快，相反地，客人的模樣反倒使她有一種溫和的威嚴感充塞在心中。

接下來客人放下煙斗，故意歪著頭像是在對金花說著笑話。這對金花的心，發生催眠師對受催眠者施加神奇作用般地，起了暗示的效果。她完全忘了原先果斷的決心，悄悄地低頭微笑著，一邊摩梭著黃銅十字架，一面羞答答地走到這個的外國人身邊。

客人將手探入口袋深處，一面搖晃著發出叮噹叮噹的金屬碰觸聲，一面用他那帶著笑意的眼神打量著站立的金花。突然，他的眼神從微笑轉為熾熱的光芒，接著猛然起身，用沾滿酒氣的臂膀一把抱起金花。金花則像是喪失心智般地，將垂著耳環的頭部向後仰。她那蒼白的面頰下方，露出血色般的潮紅，並以恍惚迷朦的眼神，注視著迫近自己鼻頭的對方面容。面對這個不可思議的外國人，她是該讓自己身體任其擺布，或是為了不將病移轉給他，而拒絕他的吻呢。此刻已經完全沒有考慮的餘裕了。金花將自己的嘴交給滿是絡腮鬍的客人嘴裡，唯有燃燒般的愛戀歡愉，以及初次所體會到的愛戀歡愉，猛然從她的內心深處湧現。……

二

幾個小時後，在油燈熄滅的房間裡，所能聽到的聲音除了輕微的蟋蟀叫聲，床頭傳來兩人均勻的呼吸，更加深了寂靜的秋意。然而在金花的夢境，則是從布滿塵埃的床頭帳子裡，像煙霧般逐漸高昇，來到屋頂之上的星月裡。

❖ ❖ ❖ ❖ ❖ ❖

——金花在紫檀木的椅子上，並且對著桌上擺滿的各式菜餚動著筷子。燕窩，魚翅、蒸蛋、燻鯉魚、膾豬肉丸子、海參羹——美味菜餚多不勝數。而且所使用的餐具表面，都是彩繪著青色蓮花或金色鳳凰的氣派華麗器皿。

她椅子後面，是垂掛著絳紗帷幕的窗子，窗外大概有河吧，靜靜的流水聲與搖槳聲不斷傳來。這般景物對她而言，是自小便看慣了的秦淮河畔。然而她此刻一定是在天國裡，也就是基督的家。

金花不時停下筷子環顧桌子周圍。然而說也奇怪，在偌大的房間裡，除了雕刻著蟠龍的柱子、種植著大朵的菊花盆栽、以及盤中熱湯所冒的氣以外，連一個人影也看不到。

這些還不打緊，每當桌上的有盛菜餚的器皿空了，忽然不知何處又有新的大菜冒著濃郁的香氣被送到她的眼前。剛想伸筷子去挾的時候，紅燒雞振翅撲倒紹興酒瓶，並且噗斥噗斥地飛上了天花板。

此時金花感覺到有一個人靜悄悄地在她身後緩步走過來。她拿著筷子回頭看，原本應該有的窗子不見了，而擺設著緞子坐墊的紫檀椅子上，有一位不熟悉的外國人正在吸著黃銅水煙袋，並悠閒地坐著。

金花一見那男子，就知道他就是今夜進自己屋裡過夜的人。然而，不同的是在眼前這個外國人頭頂約一尺的位置，有一個新月型的光環懸浮著。

這時在金花眼前，有一個直冒熱氣的大盤子像從桌下冒出來似地，突然間將美味佳餚送上來。她立刻舉起筷子想挾器皿中的珍味，但她忽然想到身後的外國人，於是轉頭看著對方客氣地說：「您也請一塊來吧。」

「不，妳一個人吃吧，吃了妳的病今夜就會好了。」

這個頂著光環的外國人依舊抽著他的水煙，但卻對她露出無限愛意的微笑。

「這麼說來，您是不吃了嗎？」

「我嗎，我不喜歡中國菜。妳還不知道我吧，耶穌基督還從來不曾吃過中國料理呢。」

南京的基督這麼說著，徐徐地從椅子上站了起來，並從後面對著發愣的金花面頰，親切地吻了一下。

❖ ❖ ❖ ❖ ❖ ❖

從天國之夢醒來時，已是秋天的朝陽挾著寒意照耀在窄小房間的時候。布滿塵埃的帳子由上垂著，小船般的床鋪還殘留著微溫。在晨光中，半仰著的金花將自己圓圓的腮幫子隱藏在早已褪色的舊毯子裡，還未睜開眼。在她那沒有血色的臉頰上，還殘留著昨夜的汗跡，沾黏著凌亂的髮絲，從她那因愉悅而微微張開的嘴中，可以看得見像糯米般的潔白細齒。

金花惺忪著睡眼，心中還迷迷糊糊地殘存著菊花、流水聲、紅燒全雞、耶穌基督，以及各種夢中的記憶。然而，隨著屋內逐漸明亮，她也從愉快的夢境回到旁若無人的現實中，她清楚地意識到和那個不可思議的外國人，上了這張藤製眠床的事。

「要是將病移轉給了他……」

金花想著，心裡不禁陰暗起來。覺得一大早真是沒臉再見到他的容顏，可是待會兒若起身後看不到那張被太陽曝曬的面孔，她會覺得更難以忍受。在短暫的躊躇之後，她還是怯生生地睜開眼，環顧已經明亮的床鋪。床上除了蓋著毛毯的她自己以外，連個人影也沒有，更別說那個貌似十字架上耶穌的男子了。

「難道是做了一場夢嗎？」

推開帶有污垢的毛毯，金花在床上坐了起來。她用兩手搓揉眼睛後，將沉重垂下的帳子掀開，並再次注視著屋內的擺設。

在冷冽的清晨空氣中，屋內擺設殘酷地顯現在眼前，所有東西的輪廓都歷歷在目。陳舊的桌子、熄滅的油燈，接著是一張倒在床邊的椅子，而另一張則面向牆壁，——這些跟昨夜一樣。除此之外，桌上在凌亂的瓜子當中，放著散發微光的小小黃銅製十字架。金花眨了眨有些暈眩的眼睛，茫然地望著四周，同時瑟瑟地側坐在零亂的床上。

「應該不是夢才對。」

金花嘴上嘟囔著說，同時回想著那位外國人各種難以理解的行徑。當然用不著推測，他是趁著金花還在睡夢中，悄悄地離開房間遠走高飛了。然而如此愛撫自己的他，竟然連一句告辭的話都沒說就離去，她與其說是不相信，毋寧說是不忍相信。此外，她連應該從那位怪異的外國人那裡得到當初講好了的十美元，都完全忘了。

「看來是真的走了。」

她懷著沉重的心情，伸手將置放在毛毯上的黑緞子上衣拿過來。突然之間，她的動作停頓下來，她的臉色漸漸地出現充滿生機的血色，並擴散開來。是她聽見油漆門外那個外國人的腳步聲嗎？或是枕頭毛毯所沾染他的酒臭味，偶然地喚起她對昨夜羞於啟齒的記憶？都不是，金花在這一瞬間感覺到自己身體出現了奇蹟；在一夜之間，原本極為嚴重的楊梅瘡竟然不留痕跡地完全康復了。

「那個人果真是耶穌基督。」

她顧不得僅穿著貼身內衣，一骨碌地翻身下床，在冰冷的石板上跪了下來，宛如美麗的抹大拉的馬利亞[1]與再生主交談般地，虔誠地獻上祈禱。

三

第二年春天的一個夜晚，前來拜訪宋金花的日本旅行家，再次在昏暗的油燈下，和她隔著桌子對坐著。

「十字架還是掛在那兒呀。」

那天夜裡，他不知何故說了句像似諷刺的話，金花一下子表情變得嚴肅起來，並且開始述說著那一夜基督降臨，讓她的病因而痊癒的不可思議話題。

聽著這段經過情形，年輕的日本旅行家腦子裡這樣思索著。——

「我知道這個外國人，這傢伙是日本與美國的混血兒，名字好像是叫George Murry。此人曾經得意洋洋地向一位我熟識的路透社特派員吹噓，他是如何地在南京向一名私娼出高價要其陪宿，然後趁她還未醒的時候，悄悄溜走的經過情形。我上次來南京之前，正好和這傢伙下榻在同一間旅店，所以到現在還記得他的長相。他雖然自稱是英文報紙的特派員，但行事作風並不像，或許是而是相當低俗的一個人。之後聽說他染上惡性梅毒，最後發了瘋。照這麼前因後果來看，或許是

1 譯註：據《新約聖經・路加福音》第八章記載，抹大拉的馬利亞被鬼附身非常痛苦，耶穌治好了她，從此以後她就跟隨耶穌成為門徒之一。

女子將病傳染給他的。然而這名女子直到現在，還把那名混血無賴當作是耶穌基督。我是該給她開導開導呢，還是保持沉默，讓她永遠地沉浸在這個西洋傳說般的夢境呢……」

金花說完她的故事後，年輕的日本人若有所思地點燃火柴，吸起香味濃烈的雪茄。他刻意以熱切的態度提出一項困窘的疑問。

「原來是這樣啊，真是不可思議。不過…，在那之後，妳一次也沒再發病嗎？」

「是呀，連一次都沒有。」

金花一邊嗑著瓜子，並且以晴朗舒暢的容顏，毫不猶豫地回答著。

菊池寬

作者介紹／菊池寬

菊池寬（一八八八—一九四八），出生於四國香川縣高松市一個深受儒家思想影響的家庭，自小學業優異，但求學過程並不順利，後畢業於京都大學英文科。讀書期間潛心研究英國戲劇，並與芥川龍之介等人主辦《新思潮》雜誌的第三次和第四次復刊。一九一六年大學畢業，進入「時事新報社」擔任記者，期間發表《無名作家日記》、《忠直卿行狀記》、《恩仇之外》、《笑》等小說，從而奠定在文壇的地位。

菊池寬不僅是一位作家，也是一位不平凡的時代創造者；他在一九二三年創辦日本出版界最具影響力的《文藝春秋》雜誌，一九三五年創設兩大文學獎「芥川賞」及「直木賞」。他還擔任過日本文藝家協會會長、東京市議會議員、日本著作權保護同盟會長等職務。一九四八年因狹心症去世，享年六十歲。

菊池寬受森鷗外的歷史小說影響，也著有甚多歷史小說，除《忠直卿行狀記》、《恩仇之外》外，尚有《藤十郎之戀》、《蘭學事始》、《入札》等歷史小說創作。他在一九二〇年所發表的通俗小說《真珠夫人》，曾在當時的「大阪每日新聞」及「東京日日新聞」兩大報連載，開創了日本大眾文學風潮，膾炙人口而歷久不衰。此外，他在一九一七年所發表的劇本《父歸來》，更是受到青年學子的歡迎，一直到現在，仍是學校戲劇活動中經常上演的劇碼。

恩仇之外

一

市九郎被主人揮過來的武士刀劃過，這一刀從左頰到下顎雖然並不深，但已使他掛彩。說起市九郎所犯的罪——儘管主要是來自對方的挑逗，但是和主人的寵妾發生不倫之戀，他也意識到這是算得上是滔天大罪。故對主人的揮刀，市九郎知道這是免不了的，所以他雖然極力閃躲刀鋒，惟並無半點反抗之心。不過他也在想，因為自己一時受迷惑而丟了性命，那就太划不來了；還是想辦法能逃就逃吧。因此，當主人叫嚷著「劈死你這個忘恩負義的東西」時，市九郎順手抓起身旁的燭台，想擋一擋主人銳利的長刀。主人雖說年近五十，但依然筋骨利落，對於他接二連三猛烈攻擊，想要全身而退，幾乎是不可能的事。

左臉頰被鋒利的武士刀劃破，殷紅的鮮血滴落在市九郎的胸口。見紅之後，市九郎猛然像似變了一個人，他意識到死亡就在當下，眼前這名不斷揮刀攻擊的男子，完全就像是一頭想奪取其性命的兇惡野獸。在這一轉念下，市九郎也從先前一味閃躲轉為攻擊。他喝地一聲大吼，出其不意將手中的燭台用力向對方擲去。在此之前主人三郎兵衛以為到市九郎只顧著逕自閃躲挨打，故多少有些放鬆戒心；此刻突然遭到燭台的攻擊，導致右眼被擊中，市九郎利用對手退縮的空隙，拔出腰間的小武士刀，撲向對方。

「你這個畜生，還敢還手！」三郎兵衛怒道。市九郎倒也不還嘴，只是以手上的短刀和主人所持將近三尺的武士刀展開一場激烈的打鬥。

主僕兩人皆抱持必殺的念頭，持續了十餘回合的生死鬥。在並不寬闊的起居間裡，主人的大刀數次觸碰低矮的天井，突顯出鋒利的長刀喪失揮灑自由的空間。市九郎操持著短刀卻能進退自如。主人注意到自己所處的不利位置，故思退到室外空曠的地方，於是後退兩三步想跨出門外。市九郎趁著主人疏於防備之際，揮刀向前。主人發覺不對，連忙橫刀由下往上猛砍。然而由於用力過猛，大刀竟然陷入屋簷下的拉門橫木裡有兩三寸。

「糟糕！」三郎兵衛急著將武士刀從橫木拔出之際，市九郎沒有放過這個機會，他一步向前，揮刀在主人腹部的位置猛然側劈。

在對手倒下去的那一瞬間，市九郎隨即恢復了清醒。剛才因亢奮而高漲的情緒也逐漸沉靜下來，此刻他瞭解到自己犯下了殺主的大罪，在後悔、害怕的情緒下，不禁頹然坐倒在地。

此刻正是初更剛過的時分。由於正室和僕役下人所住的房舍相隔甚遠，所以這場主僕間的惡鬥，除了正室中的女眷以外，似乎還沒有人知。這些女眷被激烈的打鬥嚇得個個面無人色，全都躲在後面的房間裡發著抖。

此際市九郎正處在深自悔恨的情境中。他本是一個浪蕩子，但雖說是無賴般的年輕武士，卻並未犯過什麼大錯；誰知現在卻背負了八逆中首惡的殺主大罪，這真是他作夢也沒料到的事。一開始只是經由對主人的寵妾獻慇懃，隨後變為私通，而後在東窗事發之際，急轉直下將主人給殺害了，這實在不是好結局。市九郎這樣思索著，同時斜眼瞧了瞧主人的屍體，心裡有了自我了斷的覺悟。可就在此時，隔壁房間傳出原先遭受壓抑不敢出聲、後來終於解脫的顫抖聲音。

「你不用擔心會有什麼事。既然你做了前面這一半，後面這一半就交給我來吧。我剛才一直躲在屏風後摒氣凝神地注視著。這真是一個好的結局。聽我說這麼辦吧，一刻也不遲疑快將手頭的現金攢一攢，收拾好就逃走吧。趁其他的女眷還未發現前遠走高飛才是上策。奶媽和其他侍女們現在還在廚房害怕發抖著，我現在就去警告她們手腳別亂動，你趕快找找哪裡還有值錢的東西。」

這傳出來的聲音確實帶有顫抖，但卻聽得出這位出聲的女性正刻意地壓抑著不安，努力想要平心靜氣說出這些話來。

原本處於失志不安狀態下的市九郎一聽到女子的這番話，立刻又變得有了生氣。但與其說他是憑藉本身的意志在行動，不如說他更像依這位女士的意志如傀儡般地起身行動。市九郎先走到屋內放置桐木茶櫃邊，用沾染著血跡的手拉開抽斗，然後逐一檢視每個抽斗內的放置物。然而直到主人的寵妾阿弓來到身邊時，他才找到一個裝有二朱銀的五兩包。

阿弓看到這情形，不禁嘟囔著說「只有這點的零錢，怎麼夠用哪。」她自己再次拉開每一個抽斗，並伸手進去仔細掏摸了一番，結果連一個銅板也沒發現。

「三郎兵衛的吝嗇是出了名的，說不定他將錢放在瓶子裡，然後埋在家中的某處地下。」阿弓一邊碎碎地唸著，一邊將還算值錢的衣類、精緻藥盒等東西快速地放入包袱裡。

就這樣，這對姦夫淫婦離開了淺草田原的旗本[1]中川三郎兵衛的家，這是延享三年初秋的事。當年三郎兵衛的長子實之助只有三歲。事發當時他正在奶媽的懷裡熟睡著，完全不知道其父已死於非命。

二

市九郎與阿弓兩人從江戶開始逃亡。他們特地避開東海，在避人耳目之下，向東山道的京阪方向前進。逃亡期間市九郎常因為殺主之罪，而深受良心苛責。阿弓是按摩茶室服務生出身的墮落女，當她看到市九郎沉靜不語時，總會勸說：

「不管怎樣，你已經是個有前科的人了，每天擺出一副鬱悶的樣子又有何用。不如放開心胸，快活地在世間過日子吧。」對此市九郎總是默默不語，並且一個勁地趕路。當他們從信州來到木曾的藪原時，兩人的路費已花用所剩無幾。在身無分文之下，不由得開始動腦筋到幹壞事上

[1] 譯註：武家的一個階級，在大名之下。

來。一開始，像他們這種男女組合，最容易也最方便的勾當就是仙人跳了。於是他們在信州各地的客棧旅店巧取豪奪往來百姓的路費。市九郎也從此時開始受到阿弓的各種教唆，不斷犯下惡行，且逐漸領略到做壞事的樂趣。每當市九郎以浪人姿態出現，那些因仙人跳而受害的尋常百姓，只得乖乖地交出身上的財物。

隨著做壞事手段的進步，市九郎已不再滿足於這種單純的美人局，並著手於不需要什麼技巧的敲詐勒索，最後終於走上以強盜殺人為主的行當。

就在這一時期，他們在由信濃往木曾的鳥居峽落戶，接著展開白天開茶館，夜晚從事殺人越貨的強盜惡行。時間一久，市九郎對於這種營生逐漸適應，不再有任何疑慮不安的感覺了。先認準有錢的旅人，然後加以殺害，再巧妙地將屍體處理好便可。一年只要作案個三、四次，便有了夠他們悠哉生活一整年的用度。

大約是他們倆從江戶出亡的第三年春天吧，由於木曾位於北方諸侯大名參勤交代[2]的兩條交通要道之一，所以木曾街道上的旅店逐漸興旺。特別是此時，街道上也會出現一些途經信州、越中、越後，前往伊勢參拜的旅客。這當中也有不少人是從京都到大阪來遊山玩水。市九郎思量著從他們之中挑選兩、三人作為下手目標，藉以籌得當年度的生活花費。

在一個山櫻花剛開始綻放季節的傍晚，市九郎的茶店裡來了男女兩名旅人。他們是一對夫

[2] 譯註：江戶時期將天下大名分為兩部分，每年輪流前往江戶居住，並為將軍服務。

妻，男的三十出頭，女的約模著是廿三、四歲。他們沒有與人結伴，大概是信州年輕的地主階級夫婦，悠閒地出門旅行吧。

市九郎斜眼打量著兩人的穿著，心裡盤算著此二人應該就是今年的肥羊了。

「從這兒到藪原的旅店，不知還有多遠呢？」男子一邊這樣問著，一邊在茶店前彎下腰來整理綁草鞋的細繩。市九郎正要答話，阿弓此時從廚房走出來，一面說道：

「是這樣子的，從這個山腰往下走，連半里都不到。請休息一會再走吧。」

聽阿弓這麼一說，市九郎知道她心裡已經有了可怕的計畫，暗中要自己對這兩人動手呢。因為從這裡到藪原的旅店足足有兩里多，但哄騙他們說沒多遠就到了，這樣可以放緩他們的腳步；而且在知悉他們的行程後，就能趁著暮色抄小路趕到他們前面，然後在旅店之前下手，這正是市九郎慣用的手法。那名男子聽了阿弓的話，「既然如此，就來一杯茶吧。」話一出口，市九郎知道他們已經落入第一重陷阱。女子此刻也摘下附有紅繩子的旅行用草笠，同時在丈夫身邊坐了下來。

他們二人在店只待了半個時辰，約略地消除登上鳥居峽的疲累後，丟下幾個銅板，便在暮色中朝向山腰下的小木曾谷走去。

等兩人的背影消失不見，阿弓立刻向夥伴遞個眼色。市九郎此時就像獵人要追捕獵物似地，將小武士刀插入腰間，一個勁地開始從後追趕。他從街道右彎，之後沿著木曾川，抄險峻的山路快步疾行。

當市九郎來到藪原旅店之前的行道樹旁時，春日的白晝已盡，四周暮色已深。初十的月亮躍上了木曾山的山頭，在朦朧的月色下，木曾山顯得有些模糊不清。

市九郎將身子隱沒在路旁的一叢圓葉柳之下，並且放鬆心情地等待那對夫婦的到來。這時市九郎的內心深處不禁也在思索著，自己不當地奪去這對正在幸福旅途中男女的性命，會是多深的罪惡呀。但若就此罷手，空手而回，自己在阿弓面前必然會遭受極大的難堪。

最好是不讓這對夫婦流血。如果他們在自己的脅迫下乖乖地交出財物就好了。對，只要他們奉上現金和包袱裡的衣物，那我就絕不下殺手。

正當市九郎心頭這麼決定之際，道路的另一頭傳來急促的腳步聲，那對男女逐漸接近了。這兩人一路從半山腰的道路下來，才發覺路途真是格外的遙遠，在越走越累之下，兩人只能相互扶持儘快趕路。

正當兩人接近茂密的圓葉柳時，市九郎突然橫跨出來站在路中央。接著嘴裡說出再熟練不過的威逼恐嚇語句。意外的是這名男子非但不屈服，反而表現出豁出去的樣子，他舉起手中的手杖，擺出架式並護衛著身後的妻子。市九郎一出手便將手杖砍成兩截。接著，以嚴厲的語調喝斥道，「住手吧，旅人，我只要一抬手就可以取你的性命。還不趕快將現金跟衣物乖乖奉上！」

誰知對方定睛一瞧之後，竟然叫嚷著：「咦，你不是剛才在半山腰那間茶店主人嗎……」接著死命地朝市九郎衝過來。此刻市九郎心想既然被認出，為了自身的安全，也只有痛下殺手，這對男女是活不成了。

市九郎側身巧妙地避開對方的勢頭，然後往死裡揮刀，用力砍向對方的頸部。那名女子眼見這光景，嚇得魂飛魄散，無力地蹲在路邊不斷顫抖著。

市九郎不忍心斬殺這名女子。但是，若不下毒手，自身的安危恐怕就保不住了。尤其是已經殺了男子後，一股殺氣使得他再次掄起血刀向女子蹲俯處接近。女子見狀，全身觳觫地雙手合十乞求市九郎饒命。市九郎睜眼看著眼前的女子，但手上的小武士刀卻沒有放下來。不殺她不行，此刻市九郎的盤算是若揮刀斬殺女子，勢必會糟蹋了她身上的衣裳，於是他解下繫在腰間的毛巾，纏繞女子頸部，直到她斷氣才鬆開手。

市九郎在連殺二人後，立刻感受到殺人之後的恐怖感，他有種連一刻都待不下去的感覺。他匆匆地剝下他們纏在腰間的銅錢及衣物後，就倉皇地逃離這塊殺人現場。在市九郎迄今為止所殺害的十餘人當中，有年過半百的老人、行旅商人……，幾乎全都是這一類的人，還從來沒有斬殺過像今天這類年輕的夫妻檔。

市九郎在深刻良心苛責的同時，回到他與阿弓的住處。一進屋裡，立刻將搶來的衣物連同現金像丟棄穢物般地，丟向阿弓所在的位置。阿弓倒是慢條斯理地先算著現金的數目，現金要比原先所料想的少，只有二十兩而已。

接著拿起女子的身上衣物檢視著。「哇，這是好東西呀，有著華麗圖案裝飾的傳統手織貼身襯裡，可以搭配黃八丈[3]和服一起穿。可怎你就沒留意到這個女的頭飾嗎？」

[3] 譯註：以八丈島上草木為顏料所生產的絹織物。

被這婆娘一問，市九郎不禁楞住了，「什麼頭飾……」

「就是頭上的飾物啊，我早就注意到那個女的在摘下草笠時，頭髮上所插的那把梳子。那一定是玳瑁製成的，假不了。」被阿弓這麼一喝斥，市九郎完全想不起被自己殺害那名女子頭上有什麼飾物，所以他根本答不上話來。

「你這個傢伙，竟然忘了拿這麼好的東西。你知道嗎，玳瑁做的東西最少也值上個七兩八兩。你又不是剛出道的小偷，怎麼會不知道該做些什麼。殺了穿著如此華麗衣裳的女子，難道不會看看她頭上有些什麼嗎？你究竟何時才能從小偷變成真正的大盜呀！」被阿弓一陣搶白之下，市九郎竟然無法回話。

原本就對殺害兩名年輕男女而從心底感到悔恨的市九郎，此刻更因婆娘的刻薄話語而深受打擊。做為一個盜賊，竟然忘了摘取獵物頭上值錢的飾物，這當然是他的失策、甚至可以說是無能。想起連殺二人這樁惡行，當時只顧著絞殺女子，完全沒注意到將近十兩的飾物，然而市九郎對這一點倒是沒什麼後悔。雖然落草為寇，從事著為利慾而殺人的勾當，但市九郎還不到像惡鬼般要將受害者連骨頭都吃乾吸盡的地步。與市九郎不同地，阿弓卻是對同類以毫無半分憐憫之心的凶殘手段予以殺害，就連受害者貼身衣物像貢物攤在她面前，尚且毫不知足。在市九郎的眼中，自己雖然身為惡人，但比起吃人不吐骨頭的阿弓，他實在是小巫見大巫。這麼一思索，市九郎在心中對阿弓產生了一絲難以言喻的嫌惡。

「喂！你這傢伙，還不快去把東西找回來。算我發現的早，還來得及挽回。」她邊說著，臉上露出對自己心思細膩的自誇表情。

然而市九郎只是默然地兀自不回應。

「喂，你的事還要老娘來操心，你可別欺人太甚。你到底去不去？將近十兩的飾物，可別就這樣眼睜睜地弄丟了呀。」這婆娘不斷對市九郎吆喝著。

在此之前市九郎對阿弓的吩咐，一向是唯命是從，但此刻他內心深處正激烈翻攪著，耳朵裡完全聽不進阿弓的話。

「不管怎麼說你還是不去，是吧。好，我就自己走一趟。告訴我地點在哪。是不是還是那個老地方？」

對眼前的婆娘已到難以抑制地步的市九郎，巴不得阿弓儘快從自己眼前消失，對於阿弓的提議，他順口回道：「你應該曉得，就在藪原旅店之前的行道樹旁。」

「那麼，我說走就走，還好今晚有月色，戶外還算明亮……唉，辦不了大事，真是個窩囊廢。」說著，她挽起衣服的下擺，穿上草履後便往外走了。

市九郎瞪著阿弓的背影，心中對她的卑鄙行徑，充滿了厭惡感。這個為了將飾物從死人頭髮上除下，睜著布滿血絲眼睛慌忙出門的女人，竟然是他曾經愛戀的對象，想到這裡，不禁感到一陣羞愧。

就市九郎而言，他自己在幹壞事時，不管是殘忍地殺人或奪取他人財物，只要是自己所為，通常會為找理由開脫，而不太會覺得自身是可恥的。惟一旦是其他人在幹壞事，他本身只是旁觀者的話，就會有著齷齪、無恥、恐怖等種種感覺。眼前這個自己當年賭上性命才換來的女人，竟然只為了五兩、十兩的玳瑁梳子，完全拋棄女性所應該具有的優雅特質。就像與屍體為伍的豺狼一般，急著去翻找遭殺害女子的屍體。這是我的女人嗎？想到這裡，市九郎幾乎一刻也不能再待在這一罪惡的淵藪、再跟這個婆娘繼續生活下去。伴隨這個念頭而來的，是自己迄今所犯下的種種惡行一一浮現，像千萬隻螞蟻在啃食著自己的心。那位遭絞殺女子的驚懼眼神、渾身是血的蠶絲商人所發出的呻吟聲、遭大刀猛劈的白髮老人慘叫聲……，一幕接一幕地朝向市九郎的良心襲來，他恨不得早一刻跳出自己的過去；他甚至想逃離自己本身。當然，對於自己所犯下一切罪惡的啟蒙師——阿弓，市九郎更是極力想要擺脫她。

市九郎下定決心後站了起來，他匆忙拿了兩三件衣物放在包袱裡，又將取自剛才遭殺害男子纏在腰間的銅錢塞入懷中當作路費，然後便倉促地衝出屋外。但才走出十間就停了下來，因為他驚覺到隨身所攜帶的現金、衣類，悉數全是來自之前強盜所得。於是再回頭到屋邊，將原本所帶的現金、衣類，全部從大門上方的邊框中，用力擲回屋內。

市九郎為了避免與阿弓碰頭，他沿著木曾川，挑選沒有人走過的小徑，兀自地向前行疾行。他並沒有目的地，只是想儘快逃離自己罪惡的淵藪之地，離得越遠越好，那怕是多一尺、一寸也好。

三

不管山林或野地，市九郎不停地走著；一口氣竟然走了二十幾里的路程。第二天的午後，他來到美濃國大垣所在的淨願寺。其實這並不是他最初的目標，只是在漫無目的迷走過程中，偶然途經這一寺廟。此時市九郎惑亂而充滿悔恨的心中，忽然看到宗教的光明出現在他眼前，使他心生嚮往。

靜願寺是美濃一圓真言宗的僧錄[4]。市九郎手扶現任住持明遍大德納的衣袖，致上了真誠的懺悔。不愧是住持上人，竟然連這種罪大惡極之人也不願捨棄。他勸市九郎打消向有司自首的意圖。

「汝犯下了再重大不過的罪愆，有司必然會依法將你梟首，然後曝屍野外。這雖然是使汝本身為自個兒的罪行而承受報應的一個方法，但之後就必身處永劫焦熱地獄，身受艱苦不得超生。與其這樣，不如歸皈佛門，為眾生濟渡而捨生救人。如此汝亦可自救。如此方為良策。」市九郎聽上人一席話，滿心更是悔恨難當，當即立定出家的志向。他藉由上人之手進行剃度，並受贈法號了海，隨即開始一意佛道修業之途。

[4] 譯註：掌理僧尼名籍、僧官補仕。

市九郎經由頓悟全心向佛，心無雜念，道心勇猛之餘，雖僅半年不到，他的修行已如冰霜皓月般清澈，白晝悉心鑽研三密（口密、身密、意密），夜晚安座念佛，顯密二行豁然智度，終於完成所需的修為。市九郎自覺道心已定，不會為外界所動之後，獲得師承的許可，發大願要為諸人救濟，隨即展開諸國行雲之旅。

離開美濃國後，首先朝向京洛地區。他先前殺過許多人，現在縱使改換成僧人形貌，但只要自己存在一刻，便無法不為以往罪業所苦。他時刻想要藉由為諸人粉身碎骨而謀減輕自己罪障於萬一。由於自己在木曾山中的所作所為，使得市九郎特別想為來往的行旅人、路途中的行人，做一些不求償的勞務、服務。

不論是行住坐臥，市九郎時時心存這樣念頭。看見道路上有人顛簸難行，他上前攙扶牽引帶路。要是看到有因病痛受苦的老幼，市九郎會背負著他們行走數里之遙而不哼一聲。當連接幹道的村道橋樑遭受破壞時，他會從山上砍伐樹木、搬運石材來加以修繕。遇到道路崩塌，他也會運送土砂來修復。就這樣，市九郎在畿內到中國地方[5]想盡辦法積善根。然而全身的罪孽已經比天還高，所積的善根卻比地還低，該如何是好呢。前半生所幹下的極惡之事，絕非些微的善行所能補償。如此思索，市九郎的心不禁陰暗下來，甚至想不如做個自我了斷。然而，每當念及此，內心深處自會湧現一股不退縮的勇氣，祈念上蒼使他能達成救濟眾生大業的機緣，能夠早日到來。

5 譯註：本州西部的山陰及山陽地區。

九州的秋色一日比一日加深，雜木森林已漸漸轉成紅色，田野上熟稔的稻穗一片黃色。戶戶農舍皆種植著當地有名的柿子，橘紅色的柿果垂滿了枝椏。

時序是進入八月沒多久的某一天。市九郎迎著秋日朝陽的光輝，順著山國川清冽的水流，從三口越過佛坂的山道，到達樋田驛站時，已是近午時刻了。在清冷的驛站用了齋飯後，再度沿著山國谿朝南。順著火山岩的河岸小徑走著。

逐漸來到落石所形成凹凸不平的難行道路。正當市九郎拄著手杖緩慢走著的時候，不意看到不遠的路邊有一群農民，大約是四、五人在吵嚷喧嘩著。待走近後，那群人當中的一人打量市九郎後說道：「你來得正好，這裡有位不幸喪生者，被你看到也算有緣，請你為這位可憐的亡魂迴向助唸祈福一番吧。」

一聽是死於非命，會不會是盜賊所為，說不定會看到遭殺害旅人的屍體……，市九郎回想起過去的惡業，剎那間悔恨又湧上心頭，兩腿不覺瑟瑟地顫慄著。

「看上去像似溺水而死的呀，可是有好多地方皮開肉綻，這是怎麼回事呢？」市九郎小心謹慎地問道。

「你是位出家人，當然見過旅人，但你大概不知道此川向上游再走半町多，是一處叫『鎖渡』的險峻難行之地。此處可算得上是山國谿第一要地，南北往來的人馬悉數因通過此地而大傷腦筋。這名死者是是住在川上柿坂鄉的馬伕，今天早上在途經鎖渡中途，馬兒突然發狂，將他從五丈高的崖上踢下來，這就是你所看到的淒慘死狀。

「聽你這麼一說，鎖渡當真是險峻難行之地。到底是個什麼情況，我倒是想知道多一些。」市九郎一邊打量著死者的遺體，一面這樣問道。

「每年少則三、四人，多則大約十人會遭遇到這種不測。這是天下無雙的險地，想要修繕因風吹日曬而腐朽的棧道，也沒有人願意幹。」農民們回答著，同時開始著手遇難者的後事。

市九郎為這位不幸的罹難者誦唸了一番經文後，便立刻朝向鎖渡的方向疾行而去。走了不過約模一町不到的距離。放眼一看，河川左岸是一片像是被巨斧劈開，高聳入雲的絕壁。面臨山國川的這一面，是近十丈的懸崖，其上有多處灰白色呈鋸齒狀的襞摺。山國川的河水流經襞摺，像被吸入似地形成一個個翠綠色的漩渦。

鄉里之人是如何經過鎖渡這麼險峻之地呢。既有道路在絕壁之前終了，接著在絕壁的岩壁上，以松木、杉木的樹幹，一根接一根用鎖聯結形成棧道。行走在上的危險性當然不用提了，別說是瘦弱女子，就連一般壯丁，行走其上，俯看是腳下五丈餘的流水，抬頭仰看是近十丈的懸崖峭壁，禁不住也會心頭顫動，兩腳發軟。

市九郎一邊扶著岩壁，一邊踏出戰慄的腳，在緩慢地沿著峭壁一步一步就要走完的那一剎那，一個從未想過的大誓願已在市九郎心底勃然萌發。

之前為贖罪所累積的成果太小太慢而惶恐不安，不斷祈求上蒼能讓他有勇猛精進大發揮機會的市九郎，突然發現一個千載難逢的絕佳機會。以目前鎖渡的艱難險阻，一年幾乎要奪去將近十條性命，市九郎不免興起捨命清除此一艱難險阻的豪情壯志，這是不難想像的。就這樣，打通一條貫穿兩百餘間絕壁的大誓願，悄悄地從他的心底浮現出來。

市九郎心中的盤算這樣的，假設一年能救十人、十年救百人，再經過百年、千年，不是就可以救千萬人的性命嗎。

就這樣下定決心後，他就開始專心一意著手實行。從這一天開始，他在羅漢寺掛單之餘，便沿著山國川到各個村子裡去勸化，要求大家協助開鑿隧道。

然而，並沒有任何人認真傾聽這位外來和尚的話語。

「想要打通超過三町的大盤石，這個人真是瘋了，哈哈哈……。」這種訕笑的還算好的。還有人認為市九郎的勸說是一種詐騙。

「根本是大騙子，之前還有人用各種不同的說法向我們籌集資金，結果都是騙局。」

市九郎不停地奔走勸進了十天，在瞭解沒有任何人可以給予支持之下，他毅然決然下定決心要獨立擔起這項大事業。。他手拿石工用的鐵鎚與鑿子，站在大絕壁的一端。這一場景很像一幅西洋諷刺漫畫。雖說火山岩容易削落，但臨河高聳蜿蜒三町的大絕壁，憑市九郎一人之力，真的能做到嗎。

「到頭來還是發瘋了！」過往的行人都指著市九郎的身影嗤笑。

不過市九郎倒不退縮。他邊沐浴著山國川的清流、同時心裡默默向觀世音菩薩祈求之後，集中全身的力量，揮下第一鎚。

這一鎚之下，只有兩三片小碎片掉落。又揮下第二鎚，又是兩三小塊，而這些僅僅是從巨大、無限大的絕壁所分離出的極其微小部分。第三、第四、第五……，市九郎拚命地鎚著，直到感覺空腹，停下來到近鄉托缽化緣，待填滿肚子後，繼續面向絕壁下鎚。只要心生懈怠，他就唸誦真言，重振起勇猛之心。一天、兩天、三天，市九郎不間斷地持續他的志業。只要有行旅之人經過他身邊，莫不發出嘲笑之聲。然而這對市九郎的心，不會發生須臾的阻撓。在聽聞訕笑聲之下，他手中的鎚子揮舞得更為有勁。

過了幾天，為了遮擋雨露，市九郎在絕壁邊上搭建一座小木屋，早上他一聽到山國川的水流聲，不論是否還有星光，他都一躍而起；而晚上直到天地完全寂靜時，他還不止歇。但行路之人並未終止對他的訕笑。

「真是不自量力。」他們並未將市九郎的努力放在眼裡。

然而，市九郎仍然一心不亂地揮動著鐵鎚。只要是揮動手中的鐵鎚，他的心中便不會有任何雜念。之前對殺人的悔恨，此刻也消失不見了，就像極樂所生，無任何欲求。只有此時此刻，他才感覺到坦蕩而精進的內心。自從他出家以來，每夜就寢都會因往昔惡業的記憶而身心受苦的感覺，此時也逐漸淡薄。此刻的他益發振起奮進心，專心致意地揮動著手中的鐵鎚。

新的一年來臨了。春去秋來，很快地就過了一年。市九郎的努力並沒有落空。大絕壁的一端已經出現一個深近一丈的的洞窟。儘管只是一個小小的洞窟，但卻代表著在市九郎堅強意志下，一個明顯的印記。

只不過近鄉的人們並未停止對市九郎的恥笑。

「看啊！這個瘋子和尚還在挖呢。過了整整一年的時間，才鑿出這麼一點……」

然而，市九郎對於自己所開鑿出的洞穴，卻是高興的流下了眼淚。不論再淺再小，只要自己不斷精進，必然能達成願望，這是不會錯的。不論晚上漆黑一片，或是白晝的昏暗，不論或坐或立，他的右臂總是像瘋狂地舞動著。對市九郎來說，右臂的揮動，已經成為他宗教生活的全部。洞窟之外，不管是日照月映或下雨刮風，洞窟之中，卻只有從不間斷的鎚音。

兩年過去了，鄉人的譏諷嘲笑並未停止，但聲浪已逐漸少了。只不過看到市九郎的背影之後，還是會相視而笑。接著再過了一年，市九郎的鎚聲如同山國川的流水聲，不斷發出迴響。鄉人們已經不再有任何閒言閒語，而且他們那種訕笑的表情不知從何開始，已經變成驚異。市九郎從未梳理過的頭髮也不知何時，逐漸伸長蓋過了雙肩。不曾沐浴所形成的污垢，早已使他不成人形。他在自己所開鑿的洞穴裡，正像獸類般蠕動著，不止歇地像發狂般揮動著鎚子。

鄉人們的驚異，不知何時變化成同情。當市九郎必須抽空拿著缽出外行腳化緣之際，在洞窟出口處不經意發現一碗齋飯放在地上。這樣的情形愈來愈常見，倒也省得市九郎每日再花費時間在托缽上，能有更多的時間用在面向絕壁的開鑿上。

終於到了第四年，市九郎所開鑿出來的洞窟已經達到五丈深。然而這與超過三町厚的大絕壁比起來，還真是小巫見大，根本無法相提並論。鄉人雖然驚訝於市九郎的熱心，但也僅止於此，願意出手相助的人，連一個都沒有。市九郎只能獨自地繼續既有的努力。早已專心一意於鑿穿絕壁的市九郎，對於揮動鐵鎚以外所發生的任何事都不予理會。就像一隻土撥鼠，只要活著，就只知奮力挖洞，沒有其他任何雜念。他一個人面無表情地持續進行著，不論洞窟外春去秋來，四時的風物交替變動，而洞窟中則是不間斷的鎚聲。

「真是可憐的和尚。瘋狂的想鑿穿巨大的盤石，到頭來極可能鑿不了十分之一，他就沒命了。」行路旅人始終是以憐憫之心看待市九郎空自妄想的努力。可是一年一年地經過，到了第九年結束的時候，從洞穴入口到最深處，合計已開鑿了二十二間。

樋田鄉的鄉民們開始注意到市九郎事業是有成功的可能性。一名瘦弱的乞食僧花九年之力，能夠開鑿到這個地步，那麼只要增加人手，花費同樣的時間，要想鑿穿這一大絕壁，也未必是什麼不可能的事。鄉人們心中開始有了這種認識。九年前，對市九郎的勸說嗤之以鼻的山國川沿河七個鄉的鄉民此刻卻自發性地加入開鑿的行列。他們僱了數名石工協助市九郎的開鑿事業。現在的市九郎已經不再孤獨了。岩壁之下，響起叮叮咚咚的敲擊聲，洞窟中已開始熱鬧起來。

然而來到第二年，鄉人們對於工事的進度進行測量後，發現還是不到大絕壁的四分之一。這一發現使得鄉民洩了氣，並對開鑿能否成功，再度產生懷疑不信之心。

「就算增加人手，也成不了事，你們不要被了海給騙了。」他們看到工事沒有進展，於是慢慢地又退回到原先的態度。在市九郎身邊揮動著鐵鎚的人們一個一個離去，終於他再度恢復獨自一個人幹活的老樣子。他沒有要求他們留下來，只是默默地繼續揮動手中的鐵鎚。

鄉人們注意力已完全離開市九郎的身邊。隨著越來越深入洞窟，在洞中深處揮動鐵鎚的市九郎背影，距離行人的眼光也越來越遠。人們只會望著一片黝黑的洞穴深度，懷疑地問道：「了海和尚還在裡面吧。」

之後，就連這一點點注意也慢慢淡薄下來，市九郎是不是還存在著，已經從鄉人們的念頭中一點一點消失了。如同鄉民不再理會市九郎的存在與否，市九郎同樣地不理會鄉民的存不存在。對他來說，存在的東西只有自己眼前的大岩壁。

從市九郎面對絕壁揮下第一鎚至今，已經過了十年了。由於長時間在黝黑的洞穴中，他臉色蒼白、雙眼下陷，身上亦是肩胛骨、肋骨外顯。然而市九郎那股毫不退縮的勇猛心依舊熾熱，心頭只有貫穿絕壁這一念頭，此外別無他物。每當有所進展，就算敲下一分一寸岩壁，他都會發出歡喜的呼叫。

市九郎這樣單獨一個人在洞中奮力敲擊，又經過了三年。此刻，鄉人的注意力再次回到市九郎身上。他們出於好奇心，而對洞窟的深度加以測量，居然已經有了六十五間，而且在靠河川這一面打了一個可以採光的窗戶。現在深度已經是大岩壁的三分之一了，而這只是靠著市九郎一雙瘦腕所完成的。

他們再度瞪大了驚訝的眼睛，並且對過去的無知感到羞恥。對市九郎的尊崇，開始在他們的心中復活。不久後，鄉民所招募的將近十名石工陸續加入，拿起鐵鎚和鑿子開始工作。

一年又過了，在這一年的日子裡，鄉人們對於不知何才能看到成果所支出的費用開始後悔了。原先所招募的石工，先是減一人，再減兩人，最後洞窟深處所能聽見的，只剩下市九郎單獨的一支鐵鎚敲擊聲，幽幽地從黑暗中傳出。只不過不論身旁有人或沒有人，市九郎揮鎚的力道皆沒改變；他就像機械似地舉起鐵鎚，然後以全力之力揮出。他已然忘卻發生在自身的事，弒主、強盜、殺人越貨……等等親身的經歷，似乎都已遙遠而不存在了。

一年過去、兩年過去，一念發願，他那瘦腕如鋼鐵般不停地揮動著。已經是整整第十八年終了。不知不覺地，他已經鑿通了二分之一的岩壁。

鄉人們看到此一堪稱奇蹟的成果後，對於市九郎大志業再也沒有半分懷疑了。對於前兩回的懈怠，心中充滿羞愧，這次七鄉鄉民是真心誠意地集合，要盡全力支援市九郎了。就在這一年，中津藩的郡奉行下鄉巡視時，也下令對市九郎予以褒揚。鄉民從鄰近地區招集約三十名石工，開始如火如荼地推動著開鑿的工事。

人們對已形衰殘的市九郎說：

「您就擔任這群石工的總監督吧，不要再親自揮動鐵鎚了。」可是市九郎頑固地不答應。除非倒了下來，否則他仍然會牢牢握著鎚子，絕不鬆手。市九郎彷彿不知道有三十名石工在身旁工作著，他廢寢忘食，懸命地全力幹活，跟以前毫無兩樣。

人們勸市九郎該休息，不是沒有理由。在近二十年之中，由於長期在日光照射不到的岩壁深處蹲坐著，他的兩條腿受到永久性的傷害，已經無法自由伸屈，走路必須扶著拐杖才能移動。

此外，因為長時間不見天日，而且身邊經常有飛散的石渣碎片使眼睛受損，他的雙眼已呈朦朧模糊失去光澤，已到難以辨識眼前物體的形狀及色彩的地步。

儘管是永不退縮的市九郎，也不能免於身體的衰老痛楚。儘管對自身性命沒有依戀執著之心，但若在志業的中途半端倒了下來，這將是何等令人悔恨、且情何以堪的景象呀。

「再辛苦兩年就好了。」他心裡這麼叫著，像似忘了身體的老衰，拚命地揮動著鐵鎚。

不顧艱難向大自然挑戰。市九郎面前挺立的岩壁，就快要被這位不知不覺中殘衰的乞食僧的一雙手腕給貫穿了。只要他還有命在，這一貫穿志業將不會止歇。

四

市九郎的健康狀況，由於過度勞累而痛楚不堪；然而對他而言，更為恐怖的敵人，正在等著狙殺他的性命。

❖ ❖ ❖ ❖ ❖ ❖

因市九郎所為，而死於非命的中川三郎兵衛，身故後由於家業無人經營，家道遂中落。當時三歲的長子實之助也因此不得不交由親屬撫育。

直到實之助十三歲，才首度知道其父死於非命的詳情。少年的心中對此感到悲憤填膺，特別是其父並非死於同等級的武士之手，而是喪生在自家所豢養的奴僕之手。他從那時開始，便在心目中立下「此仇不報誓不為人」的志向。他旋即投入柳生[6]道場，苦練劍術。直到十九歲那年，技藝通過道場的認可而出師後，隨即出發，踏上復仇之旅。親友們在為他送行時，激勵他在報了殺父的大仇後，更要進一步重振家門。

實之助旅途並不順遂，歷經許多艱難困苦之後，遍歷各個諸侯國。但他無意遊山玩水，只專心注意探求市九郎的蹤跡，但卻連半點結果也沒有。在無任何線索下想找到仇敵，真有如大海撈針般地希望渺茫。到了二十七歲那年，實之助已遍歷五畿內東海東山山陰山陽北陸南海，他年復一年繼續著漂泊的旅途。惟對仇敵的怨憤，並不能消減旅途上的艱難困頓；但每當他心生憂悶無助之際，只要想到對死於非命父親的無盡思念、再造中川家族之重責大任，就會再生惕厲之志。

離開江戶之後，正好是第九年的春天時節，實之助來到福岡城下。既然走遍本州無所獲，那就不妨試試位在邊陲的九州吧。

從福岡城到中津城後，時序已進入二月。實之助特別來到宇佐八幡宮參拜，祈求能早日達成自己的心願。參拜之後，他進入附近一間茶店歇息。這時，聽到身邊有一名尋常百姓裝扮的男子對另一名參拜客閒聊：

「那位出家人是來自江戶。好像年輕時殺了人，為了懺悔，發下濟度眾生的大願。現在樋田所開鑿的通道，聽說完全是憑這位出家人一人之力呢。」

6 譯註：揚名江戶時期日本劍術新陰流派創始家族。

一聽此話，實之助突然心生九年以來從未有過的亢奮。他有些焦急地問道：

「打擾了，我想打聽打聽，您剛才說的那位出家人，年紀約多大，身材怎麼樣？」

被這樣一問，那名男子似乎覺得自己的談話能夠引發武士的注意，這是莫大的光榮。

「是這樣子，我自己並未親身見過那位出家人，但聽說他年近六十。」

「身材如何，是高是矮？」實之助緊接著問道。

「這個就難說了。由於他一直是身處洞窟的深處，所以難以了解。」

「你知道這位出家人的俗名叫什麼嗎？」

「這個嘛，大家都不知道，不過據說出身於越後的柏崎，年輕時才前往江戶謀生。」

聽到這麼一說，實之助簡直高興的想跳起來。因為他在江戶時，曾聽一位親戚提到，因為仇敵出生於越後的柏崎，有可能在犯案後轉回故鄉，所以叮囑他務必抽空前往越後探索一番。

這不會只是巧合，實之助認為這一重大發現是來自宇佐八幡宮的神庇，所以精神為之一振。他打聽了那名出家人的法號、以及前往山國谿的道路等訊息後，不顧時辰已是午後，立刻提起精神，邁動雙腳，朝向仇家所在位置快步疾行。抵達樋田時，已是夜晚初更時分了。實之助雖想立刻前往洞窟的位置，但考慮再三，當夜還是下榻樋田驛站的旅店。一夜無眠，翌日一早，他輕裝打扮前往開鑿通道處。

抵達通道入口時，正好有石工運送敲打下來的碎片出來，實之助問道：

「這個洞窟中，有一位法號了海的出家人在裡面，是嗎？」

「你沒聽說嗎，了海師父現在是此洞的洞主呢，哈哈哈。」石工輕率地笑著。

實之助長久所期許的願望眼看就可達成了，不禁欣喜滿懷。不過，他也意識到不能大意輕敵。

「這裡的出入口只有一處嗎？」這麼問是擔心仇敵從另一端逃跑。

「你是有所不知。就是為了在對向開一個口，了海師父才會忍受如此多的塗炭之苦。」石工這樣回答。

實之助多年的宿敵已有如囊中之物，他目前正處於有利的位置。仇家手下就算有幾名石工想抵抗，就一起斬殺罷了，這對他而言並不是什麼難事。

「有事請託。請代向了海師父傳達，有人從遙遠之處前來拜見。」石工聽罷轉身向洞中走去。實之助此時悄悄撥開刀柄與刀鞘之間的暗扣，準備隨時拔刀。他同時想像著自己所從未見過的仇敵容貌。對方既是是監督開鑿洞穴的負責人，雖已年過半百，應該還是筋骨健壯的人。尤其是他若一向注意鍛鍊武藝，更是值得注意，千萬大意不得。

然而過了一陣子，從洞口出來一個乞食僧站在實之助面前。此人與其說是洞穴出來，不如說是從墓穴出來更適當。他的臉上幾乎沒有肌肉，眼眶凹陷，顴骨凸顯，雙腳從膝蓋以下，多處潰爛，眼睛不能長時間正視前方，說他是個人，不如用殘骸來形容更恰當。依靠著破爛的法衣，還可以勉強看出和尚的外形，但污垢、打結而骯髒的長髮蓋住了額頭。老僧已呈灰色的眼睛一邊不停眨著，一邊抬起來望向實之助。

「老眼昏花的厲害，來者是何人都看不清了。」

實之助原本極度繃緊的心情，在看到老僧後的那一剎那，心頭不禁震動而難以控制。這名打從心底讓他感覺憎惡的惡僧，此刻居然真的來到他的面前。然而眼前這名分不出是人是鬼的老僧蹲坐在石頭上，同時也令他打從心底浮現出失望之感。

「你就是名喚了海的和尚吧。」

「確是，請問閣下是何人？」老僧訝異地抬頭看著實之助。

「了海，不管你再怎樣裝扮出僧人的外表，你可別忘了，你在年輕時名喚市九郎，你該記得殺害主人中川三郎兵衛後遁逃的舊事吧。我正是三郎兵衛的長子實之助。你現在已無路可逃，覺悟吧！」

實之助以沉著鎮定的語氣說出這番話，確實令人感覺義正詞嚴。

然而，市九郎聽了之後並無任何駭然的表情。

「閣下就是中川先生的子嗣實之助先生，殺害你父親的人，正是你眼前的了海。」市九郎這番回應多年仇家間的對話，語調相當平和，就像多年後遇上舊主的子嗣般地回應著。然而實之助卻不想被市九郎的平和語調給蒙騙住。

「我今天要為你弒主惡行而將你斬殺。我歷經十年的艱苦，所等的就是這一天。你已經無路可逃，就在這裡決一勝負吧。」

市九郎一點怯色也沒有。只不過心想，多年以來即將實現的大願成果，此刻歸西將無由觀賞，而稍感悲傷。但這自己惡業該報的時候到了。他已報持著該死且必死之心。

「實之助閣下，請在砍殺我之前，先聽我說。我了海開始逃亡之後落腳於此地。為了贖我往日的罪愆而開鑿此處絕壁。迄目前為止好不容易完成了九分。了海如今已是垂垂老人，能以自己的殘軀為此洞口血祭，我也無憾了。」實之助一邊說著，他那已看不清的眼睛還眨著不停。

實之助跟這位半死的老僧接觸了這一陣子後，原先所抱持的殺父仇人的憎惡感已不知何時消失了。這位仇敵對弒主之罪表達了懺悔，為了贖罪不惜後半生粉身碎骨，發願達成人所不能的大志業。而且他自己已經報出姓名，願意接受應有的後果。實之助不禁心想，此刻縱令出刀取了這名半死老僧的性命，那能談得上報仇呢。然而若不殺掉眼前的仇家，又怎能結束多年浪跡天涯重返江戶呢。這麼打算著，他還是要取老僧的性命，只不過此時已沒有先前那種熾烈如火般的復仇之心。現在是經由盤算後決定殺人，就有些不忍心下手了。但他仍想藉著儘管逐漸淡薄，但仍有些許殘存的殺父仇恨心理，將眼前這位沒有抵抗力的仇家除掉。

就在此時，從洞窟中走出五、六名石工，他們一看立九郎處於危急情況，趕忙衝過來護衛著他，同時斥責道：

「你想對了海師父幹什麼？」從他們的臉色及架勢來看，是不允許實之助痛下殺手。

「你們仔細聽著，這名老僧是我的殺父仇人，今天終於給我碰上了。其他人要是想阻止我報仇，我可就不客氣了。」實之助大義凜然地說道。

然而對方的人數不斷增多，不但又走出幾名石工，還有幾名行旅之人也停下腳步加入。他們圍住實之助，並護衛著市九郎說道：

「你要報仇我們管不了，但這裡的事我們不能不管。正如你所看到的。這位衣衫襤褸的了海，正是我們山國谿七鄉的在地菩薩。」這當中還有人認為實之助的報仇是根本行不通的。

在周圍這些人出手阻撓之下，實之助對仇家的怒火不知不覺中再度復甦。以一位武士的身分，此時他絕不能拱手而退無功而返。

「就算遁入空門，還是不能逃脫弒主大罪。誰要是敢妨礙我報父之仇，我是一個都不會放過。」說著，實之助拔刀出鞘。而這群圍住實之助的群眾也紛紛擺出架勢。就在此時，他們耳邊響起市九郎沙啞的聲音。

「諸位，請不要衝動。了海確實該遭到斬殺。我打算鑿穿這個洞口，正是為了清洗自己的業障。現在能夠命喪這位孝子之手，也算一償了海的夙願。請諸位不要加以阻撓。」一邊說著，他勉力挪動身軀，並以膝頭爬行至實之助身旁。眾人皆知市九郎的剛強意志，一旦他做了決定，是任誰都無法改變的。眼看市九郎的性命就在這一刻便要結束了。此時石工領班衝到實之助面前，急促地懇求道：

「武士閣下，你應該已經知道，打通絕壁是了海師父一生的大誓願，經過將近二十年的辛苦與折磨。不管他以前犯過什麼惡行，如果這一大誓願完成後，他心中將無任何罣掛。這也是我等共同的心願。讓我長話短說，在打通洞穴之前，我等請求暫時留下了海師父的命。等到貫通時，即可任憑你處置了海師父。」聽完這一卑微的要求後，眾人叫嚷著：「說得對，說得對！」紛紛表示贊同。

實之助聽完領班的話，再看眾人的情緒，知道不接受也不行。與其現在因報仇而遭到群眾阻撓，倒不如一面等待絕壁的貫通，再從長進行自己的計畫。此刻既然市九郎已完全招認而願意授首，應該沒有再反悔之理。姑且讓這個老僧一償心願，應該也不是壞事。於是實之助對眾人說道：

「我答應了海遂行他的心願，你們答應的事可不許反悔。」

「絕不敢有此念頭。等到這個洞穴一寸一分地貫穿時，了海也走不了，屆時就是他的死期了。在此之前，還請您耐心地待在這裡。」石工領班信誓旦旦地回答。

市九郎看到這場紛擾暫時獲得化解，他不願耽誤時間，立刻緩緩地向洞口內移動，再度開始開鑿的工作。

實之助對於重大時刻無端遭到阻撓，未能達成既有目的，感到內心不快。一名石工將他帶到工地旁邊的小木屋。他獨自一人靜靜地思索著之下，感嘆殺父仇人逍遙在外，而自己卻無能為力。隨著時間的過去，實之助不禁焦躁不安充滿怨憤。他後悔貿然答應給仇敵喘息而等待貫通絕壁的竣工。他在心中暗下決心，要在夜半時分潛入洞窟中，斬殺了市九郎之後再退出。然而在實之助打市九郎的主意同時，石工們也在防備著實之助。

最初的兩三天當中，雙方平安無事地渡過。等到第五天晚上，石工的警戒已不像前兩天那樣嚴密。待接近丑時[7]之際，所有的人都已倦極入眠後，實之助坐起身來，手握枕邊的武士刀，靜

[7] 譯註：午夜一時至三時。

靜地走到屋外。這是一個早春之夜，月色明亮。山國川的河水在月光下激起漩渦往下流。實之助無心欣賞周圍的景物，他克制著不發出腳步聲走向洞口。由於到處散布著敲打下來的石塊，穿著草履踩在上面不禁感到刺痛。由於有洞外照進來的月光，再加上月光也由幾處通風口射進來，洞內不算太黑。實之用手模著右邊的岩壁向深處走進去。

從入口向裡面走了約模二町時，洞窟最深處傳來咚咚的聲音，一開始還不能判定是什麼聲音，但隨著一步一步地往裡面走，這聲音逐漸變大，而且在寂靜的洞中產生回聲。這應該是以鐵鎚揮向岩壁的聲音，實之助感受到這一帶有悲壯、淒厲的聲音劇烈地打在自己的胸口上。他順著聲音的來源繼續接近。揮動鐵鎚的一定是仇家了海。正當他撥開扣住刀柄與刀鞘的暗扣，準備摒住氣息走上前去時，突然聽見鐵鎚揮動的間隔中，傳來像似低語、又像呻吟的聲音，細聽之下，才知這是了海誦唸經文的聲音。

這一沙啞悲壯的聲音，就像潮水般將實之助完全淹沒。他眼前是深夜無人萬籟俱寂之際，了海端坐於黑暗中揮動鐵鎚的身影。這名老僧早已超越了喜怒哀樂，這不是一般人的心，而是勇猛精進的菩薩心啊。實之助握住的武士刀柄的手，不知何時垂了下來。此時他似乎恢復了自我。對一個已得佛心、為眾生嚐盡粉身碎骨之苦的崇高德望之士，他竟然還趁著深夜的幽暗，如強盜、如野獸般地，手握貪瞋之劍摸黑接近想對其不利……。實之助感到一股強烈的戰慄在他身體裡流竄著。

洞窟裡動搖絕壁的強有力的鎚聲、悲壯的念佛之聲，徹底打碎了實之助原本的計畫。他現在除了遵守約束、等待開鑿工程竣工之日以外，心中已無任何雜念。

實之助懷著深刻的感激與慚愧之心，順著月光的指引，慢慢地退到洞窟之外。

❖ ❖ ❖ ❖ ❖ ❖

這一夜之後沒多久，從事貫穿絕壁的工程的石工裡，多了一位武士裝束的身影。此刻實之助心中已完全沒有乘機打殺老僧的險惡念頭。他在瞭解了海根本沒有逃遁的念頭後，為了報以善意，他開始耐心等待了海終其一生所要實現的大願望到來。

在每日枯坐的等待中，實之助省悟到與其茫然的等待，不如自己亦對這項大事業盡一臂之力，如此多少可以縮短一些復仇的期限。於是實之助加入石工的行列，開始揮動鐵鎚。

為了早日達成報仇的志向，實之助每日和仇家一起拚命地揮動著鐵鎚。了海發現實之助的參加後，瞭解他是為了早日成就自己的大願，從而達成孝子的志向。於是了海更進一步奮勵揮舞手中的鐵鎚，像瘋子般地拚命敲打岩壁。

就這樣，一個月一個月地過去，實之助被了海的大勇猛心所影響，他自己也因貫通大業而暫時忘卻了殺父之仇。

在石工們因日間的疲勞而於夜間休息的黑暗中，兩個仇敵仍然並肩默默地揮動著鐵鎚。

這一年是安永三年九月十日，也就是了海為橫貫樋田而揮下第一鎚開始的第二十一年、實之助和了海相遇的一年六個月之後。這一天晚上石工們皆收工回小屋休息，了海與實之助仍然不顧終日的疲勞拚命地揮動著鐵鎚。突然一鎚像似打在朽木上，握著鐵鎚的右手腕也因用力過猛而觸碰到岩石邊緣。了海不由得「啊」地一聲叫了出來。從鐵鎚所敲破的一個孔洞中，他那昏花的老眼看到了月光照射下的山國川，歷歷地反映在他面前。「哇」了海全身顫抖地發出一聲難以名狀的吼叫。接著像發瘋般地高興的又哭又笑，似乎連洞穴都開始震動了。

「實之助閣下，請看。二十一年前所許下的大誓願，沒想到在今夜實現了。」

這麼說著，了海握起實之助的手，從孔洞中向他指引山國川的流水。這一孔洞的正下方可看見深色的土壤，一直延伸到岸邊的街道上。仇敵之間手握著手，相互咽哽地流下了歡喜的淚水。過了一會兒，了海將身子向後退了一些說道：

「實之助閣下，已經到了我們約定的日子了。請揮刀吧。若能在這種法悅之中往生，必定能在極樂淨土裡重生。請即刻揮刀吧，若到明天，待石工們都到來之後，必將造成阻礙。現在請動手吧。」他那沙啞的聲音在夜晚寂靜的洞窟中，分外清晰。實之助沒有動作，僅是淚流滿面地蹲坐在了海面前，看著這位因歡喜而哭泣的乾癟老僧的面容。這時他完全沒想到要斬殺仇敵這回事。殺掉仇家這檔事完全不在他的思緒中，此刻實之助的心中充滿了對這位羸弱老僧僅靠兩隻手臂所成就的偉業，所感到的驚訝與感激。他一面挪動雙膝，一面再次握起老僧的手，人我俱忘地相互流下哽咽感激的淚水。

投水自盡搭救業

據文字記載，京都自古以來，自殺的人數一向不少。

不論任何時代，京城裡的生存競爭都會較鄉村來得激烈。一旦生活遭遇到難以克服的不幸，許多人就會想不開而尋短。當京都城內城外遇上大饑荒時、親兄弟離散、失去鍾愛的妻子等遭遇的人們，在感嘆人生虛幻無常之下，而選擇自殺一途。除此之外，自己未列入陞遷名單感到氣憤難當、或迫於人情世故而尋死，再加上失戀絕望而自殺，各種原因數也數不清。甚至到了德川時代[1]，還有所謂「相對死」，就是一次同時死兩人。

提起最簡便的自殺方法，大概要首推投水自盡了。就算不看統計學者所列出的各種有關自殺的統計表格，只要是對自殺這檔子事稍微有過研究的人，都會注意到這一點。只不過京都缺乏適當的投水自盡場所。不管怎麼說，鴨川是跳不死人的，因為最深之處僅有三尺。正因這樣，所以

1 譯註：德川時代（一六〇三－一八六七），又稱江戶時代，為德川家康所建立。

阿俊與傳兵衛才會在鳥邊山自縊[2]。至於到鐵路旁臥軌自殺，那當然是不會有的。

剛才說到京都沒有適當的場所，但若執意要往下縱身一跳，可以選擇高達十二公尺的清水寺舞台。這也是為何會有「清水台上縱身一躍」的詩句，這是錯不了的事實。可是在看到躍下者撞擊底部岩石而慘死的屍首，或是聽別人這麼一轉述，想要仿效者大概就會裹足不前了。執意想要投水自盡的人，那就非得像阿半與長右衛門[3]那樣，沿著桂川向上走，越過逢坂山來到琵琶湖後，再繼續走到嵯峨的廣澤池，除此之外，沒別的法子。然而死前還要經過這麼一番折騰，這對十分注重享樂的殉情者而言，這段漫長的路途走起來實在真辛苦，對於這種急著想逃離世間的人們而言，已經沒有再走上兩三公里的餘裕。所以後者大抵上是採取上吊的方式。在京都聖護院林園、或下鴨神社廣闊的樹林裡，那些撿拾椎木果實的小孩，遇上懸吊在半空中的屍首時，真的會嚇得不知所措。

儘管如何不便，京都還是有許多人自殺。雖然凡事不自由，但自殺的自由還是有的。就以在牢房的人們來說，就算兩手兩腳都被捆綁著，只要憋著氣，用盡最大的克制力不呼吸，還是可以自殺得成。

即便如此，京都沒有適當的投水自盡場所，這確是事實。但京都人仍然忍受著這種不便前仆後繼地自殺。故雖然缺乏適當的場所，但自殺者的比例與江戶大阪相較，並無相形失色。

2 譯註：傳統木偶靜琉璃劇的一篇故事，內容描寫主角井筒傳兵衛殺死情敵後，與娼妓阿俊雙雙尋死。

3 譯註：出現在歌舞伎劇本裡，四十歲男子長右衛門與十四歲女子阿半發生畸戀，後雙雙投水自盡。

到了明治年間，京都府知事槇村完成排水渠的工程，才將琵琶湖的水引到京都來。這一工程除了使京都居民有了良好的水運及自來水工程之外，更有了適當的投水自盡場所。

排水渠寬約十間，雖然不算寬廣，但卻是甚佳的自殺場所。任何人，只要一想到遺體若在深海海底輕飄飄地漂浮著，身上布滿了覓食的魚群，想必不會愉快的。就算死了，也希望在適當的時間被發現，然後加以安葬。因此，排水渠是再好不過的場所了。從「蹴上」經由「二條」來到鴨川邊，再順勢流向「伏見」的這一段，每一處的深度都有一丈，水色綺麗。這裡兩岸種植柳樹，夜晚時分薄霧繚繞。先斗町的絃歌聲隔著鴨川都聽得見。背景則是靜靜地橫躺著的東山。在落雨的夜晚來到這裡，可以看得見兩岸的或藍或紅的燈火照映在水面上。在自殺者的心目中，自然興起一種唯美浪漫感，同時死亡這件事地變得沒有想像中的可怕，在此情此景下，多半會縱身向下一躍。

然而當自己因身體重量而落入水中的那一剎那，不管自殺者的決心再強烈，都會發出慘叫聲。這是人類的一種求生畏死的本能反應。然而到了這一刻，已經是無法挽回了。落水的身軀在濺起水花而沉沒後，還會短暫地浮出水面，此刻希望獲救，這是一種不假外求的內心本能反應。溺水者會伸手亂抓、拍打水面，喘息呻吟折騰著。等到虛弱的意識喪失殆盡，就算是死了。如果此時救助者將繩索投向對方，他通常會緊緊抓住不放。待他抓到繩索時，完全不會因投水前的決心與自己伸手接受救助，而感到懊惱後悔。這種決心自殺還主動接受救助的行為，是一種不該被嘲笑的矛盾。

總歸一句話，由於京都有了不錯的投水自盡場所，使得自殺者能夠選擇排水渠自盡。

至於每年在排水渠橫死者的數目，多的時候甚至超過一百名。這段排水渠流域當中，又以快到武德殿附近的孤寂木橋為最佳的死所。為了緩一緩順著斜坡往下衝的水勢，當初的設計是使一部分水流迴繞至岡崎公園。木橋就在渠水接近公園前的分流處。橋的右邊是一片氤氳迷漫的平安神宮樹林，左邊則並排地有幾戶關著門的寂靜人家。由於此地平常沒有什麼人經過，因此，有不少人翻越橋上欄杆縱身一躍。與其從岸邊跳河，從橋上往下跳，更能滿足死前再搞點花樣的潛在欲念。

位在木橋的下游約四、五間處，沿著排水渠有一間小房子。每當有人從橋上跳下時，必然會有一位個子非常矮小的老太婆從屋內飛奔出來。從橋上跳水自盡一般出現在半夜十二點之前，老太婆此時手持一根長竹竿，將竹竿對著發出呻吟聲之處拋出。通常投水者會有所回應。若是沒有回應，老太婆拉回綁在竹竿上的繩子後，會繼續追著水聲及呻吟聲再投擲幾次。最終硬是不加以理會的人雖不能說沒有，但多數人總是會伸手抓住竹竿。將投水者拉上岸之後，在圍觀看熱鬧的人群當中，總會有好心人前往三町外的派出所報案。接下來的情形大抵如下：如果是冬天，升起一堆火給尋短者暖暖身，夏天就簡便多了，使其吐出腹中積水，再擦拭一下後，便大致恢復元氣，接著和巡查前往派出所。對於巡查心不在焉的勸導，跳水自盡者通常結結巴巴地道謝一番後便離去。

發生這樣救助投水自盡者後，經過約一個月，官方會撥下附有褒揚狀的一圓五十錢的賞金。

老太婆一接過來，先放在神龕上按神道教儀式擊掌兩三下之後，便到郵局存入帳戶。

老太婆是第四屆國內博覽會在岡崎公園舉辦時，在現今的場所開了一家小茶店，兼賣一些粗點心、橘子等小東西。由於還能有相當的收入，所以在其他博覽會所興建的建築物分批拆除後，仍維持原樣經營著。這可說是第四屆博覽會所留下來惟一的紀念。老太婆在丈夫去世後，和女兒過著相依為命的日子。她們積攢小錢，才將小屋整修得現在這般清爽整潔。

最初遇上有投水自殺時，老太婆真不知如何是好。就算她再大聲呼救，也幾乎無人前來幫忙。就算運氣好有人來幫忙，投水者也早已被捲入強勁水流，不知被沖到何處去了。面對這種場景，老太婆只能望著水面，嘴裡低聲地唸誦佛經。老太婆像這樣親見耳聞的自殺者不僅僅只是一兩次。少則兩月一件，多則一月兩件，老太婆會遇上這種自殺的案件。這種像地獄亡魂般的呻吟聲，對柔弱的老太婆而言，真是受不了。她花費相當的勇氣跟功夫，完成了現在的工具，首次靠著這根晒衣服的竹竿，老太婆救起一名二十三歲的小心眼男子。他只不過挪用老闆五十圓的財物，便想要尋死。巡查草率地給予簡單的開導，這名男子也表現出要重新做人的樣子。自此過了約一個月，老太婆被叫到官廳，發給一圓五十錢的表揚金。當時的一圓五十錢對老太婆是一筆大數目。她左思右想考慮半天，決定將錢存入當時盛行的郵政儲金的戶頭內。

從那時開始，老太婆便開始忙於救人。而且救助的方式也逐漸有所改進。在聽到噗通的落水聲與驚叫聲後，老太婆立即起身飛奔到後院。拿起豎立在牆邊的竹竿，舉著竹竿快步走向岸邊，接著她就像漁夫準備用鏢槍投擲鯉魚似地擺好架勢，注視水面向正在掙扎的自殺者，朝其面前巧妙地擲出竹竿。當竹竿出現在自己面前時，拒絕抓取的投水者幾乎沒有。老太婆再使勁地將水裡的人拉上岸。這時如果有路過的人想要出手幫忙，老太婆還會不高興，因為這只會令她產生自己的特權遭到他人侵犯的感覺。

就這樣十幾年下來，老太婆已經救過五十幾條人命。後來官廳褒賞的手續也簡化了不少，賞金只要一週就可以下來了。通常官廳的職員一邊將賞金交給她，一邊笑嘻嘻地說道：「婆婆，妳又救人了呀。」老太婆也不像最初那樣感激了，就像伸手接過茶店顧客付給購買豆餡年糕的錢那樣，她只是說聲「貪財」，便大方地從對方手中接下賞金。

在世間景氣好的每年二、三月沒有什麼投水自盡者的時候，老太婆總會覺得有些悵然若失。連女兒向她要夏季所穿單衣布料時，她會回答等到下次領到一圓五十錢再說。到了六月底，依照往年，這是投水自殺最多的季節，為何一直沒有人跳呢。老太婆每晚與女兒並枕而眠時，都會豎起耳朵注意外面的動靜。等到十二時過了，大概不會有事發生，這時她會嘴裡唸著：「今夜又泡湯了。」才不干心地閉上眼睛。

老太婆自己認為幫助投水自盡者，是一件非常好的事。所以她經常在和店裡顧客聊天時說：「像我這樣救了這麼多人的性命，應該能到極樂世界吧。」這件事倒確實是無法否認的。

對於搭救投水者這檔事，老太婆唯一不滿的是那些被救起的人從不對她答謝。他們在巡查面前會低頭致意，對老太婆就不會如此，更別說日後再來登門答謝了。老太婆不禁埋怨著：「好不容易才救了他們，真是薄情啊。」有一天夜裡，老太婆救起一位十八歲的女子。女子意識恢復知道自己被人救活，極度沮喪地大哭起來。最後終於在巡查連哄帶騙下起身到派出所，誰知她在過橋時又趁著巡查不注意再次跳入水中。令人奇怪地是她還是伸手抓住老太婆丟出的竹竿後被拉上岸。女子第二度被巡查帶走時，老太婆看著她的背影說道：「不管再跳幾次，還是希望能夠獲救呀。」

老太婆雖然年近六十，但只要聽到跳水聲跟驚叫聲，一定會拋出竹竿。那些自殺者對於丟過來的竹竿，拒絕而不伸手去抓的人，幾乎一個也沒有；就是希望被別人援救，所以才會伸手。老太婆這麼思量著。由於幫了想要被幫助的人，老太婆認為沒有比這個更好的事了。

到了這一年的春天，老太婆十幾年以來的平靜生活遭遇到一項重大危機。這是來自現年二十一歲的女兒身上。她女兒雖然面貌平庸，但因膚色白，正所謂「一白遮三醜」，故還算嬌麗。老太婆的遠房親戚的次男就要當兵退伍返鄉，老太婆想將他收為義子，然後以三百多圓的存款做為資本將茶店擴大營業。對這一打算，她抱持著快樂的期待。

可是，女兒卻背叛了母親的願望。這個女兒在熊野路二條下的一個叫熊野座的小劇場裡，與一位名喚嵐扇太郎、自今年二月才前來進行巡演的戲子陷入熱戀。這位扇太郎巧妙地唆使女兒偷取母親的儲金存摺，從郵局將存款全部提領出來，然後帶著女兒不知逃往何處去了。

老太婆的驚愕與絕望之情不難想見。他們什麼也沒留下，老太婆只剩下店內不足五圓的商品，以及幾件衣物而已。如果繼續經營茶店，大概還能活得下去，然而她已沒有任何指望了。

她雖然還不死心等待女兒的消息，但完全沒有任何結果。老太婆完全沒有活下去的氣力了。

她想到了死；經過幾個晚上的考慮後，終於下定投水自盡的決心。這當然是因為無法再忍受絕望感，另外也想藉此使女兒悔不當初吧。

在一個夜晚時分，老太婆來到這座橋上。她心頭浮現一張張以往撈救起的自殺者面孔，然而他們臉上似乎充滿著一種怪異的譏諷笑意。大概是自殺者見多了的關係，她對自殺這檔事早已司空見慣，所以也沒什麼害怕。老太婆搖晃地從橋邊的欄杆上，半跌半跳地落入水中。

當她猛然恢復意識時，發現自己身旁站著巡查及一群看熱鬧的人群。這跟以往以她為中心所組成集團的構成分子差不多，只是她的位置換成了別人。這對原本應站在巡查身邊的老太婆而言，真是件難以想像的事。

又像羞愧、又像憤怒，老太婆臉上帶難以名狀的不愉快四面看著。巡查身邊，原本應該是自己站的位置現在卻站著一名黝黑的男子。在知道他就是將自己救起來的之後，老太婆對他充滿了恨意，真想上前揪住他的領口。就像原本安心睡著的人，突然被驚嚇而醒的心慌意亂跟狼狽不堪的一股怒火，充斥在老太婆的胸中。

這名男子好像完全沒有察覺到她的反應似地對巡查說：「再晚一步，就死定了呢。」而這正是老太婆本人向巡查說過不曉得多少次的話，通常語氣還會充滿救活人命之後的洋洋得意感。

老太婆此刻驚覺到自己蒼老肌膚袒露在眾人面前，趕緊伸手將衣擺往下拉，胸中憤怒羞愧難當。老早就熟稔的巡查說話了，「連一向救人的你自己都想要尋死，這可真糟糕呀。」老太婆聽他這麼一說，趕忙像逃離似地奔向自己的家裡。巡查隨後也跟了進來，言不由衷地對老太婆開導著；這些都是她聽過不下幾十次的話。這時她忽然注意到，在敞開的大門外，前面提到的那名四十歲男子，還有多名看熱鬧的人，像似觀賞什麼稀奇古怪的東西地向裡面瞧著。她像發狂般衝上前，用力將門關上。

❖ ❖ ❖ ❖ ❖ ❖

從那次以來，老太婆便有氣無力地打發著日子。她連自殺的氣力都沒有了。女兒終究是沒回來，她只能持續著像是跌入泥沼般的沉重日子。

老太婆的屋子後面，仍然豎立著那根長竹竿。然而在那之後，再也沒有傳出老太婆搭救從木橋上投水自殺者的事蹟了。

森鷗外

作者介紹／森鷗外

森鷗外（一八六二—一九二二），出生於島根縣醫典世家，本名森林太郎，號鷗外，別號觀潮樓主人。十歲時與其父至東京，學習德語並進入東京大學預科，畢業於醫學部後，成為一名軍醫。後於一八八四至八八年受陸軍省派遣公費赴德國留學四年以研究陸軍衛生制度及軍事衛生學，並且開始接觸美學與文學。返國後以留學期間與一位德國女子間的悲戀故事為題材，寫成了處女作小說《舞姬》。

森鷗外有著多重身分，他是跨越明治至大正時期的小說家、評論家、翻譯家、陸軍軍醫、高等文官、醫學博士、文學博士。在擔任軍醫的同時，不斷從事文學創作，小說有《雁》、《山椒大夫》、《青年》、《妄想》、《寒山拾得》等，以及文學評論、戲曲翻譯、歐洲文學介紹等。之後受到乃木希典殉死的影響，發表《興津彌五右衛門之遺書》，並執筆《阿部一族》、《高瀨舟》等歷史小說。他曾創辦文藝雜誌《柵草紙》，進行文筆活動，並介紹西歐的文藝思潮。

他於一九〇七年至一九一六年擔任陸軍軍醫總監、陸軍軍務局長（官階相當於中將）。一九一六年離開陸軍後的第二年，出任帝室博物館（即現在的東京國立博物館、奈良國立博物館、京都國立博物館等）館長，以及帝國美術院（即現在的日本藝術院）的首任院長，直至逝世為止。

高瀨舟

高瀨舟是來往於京都高瀨川上下游的一種小船。德川時代在京都的犯罪之人若遭宣判流放荒島，他本人的親屬會被傳喚到牢房，與他道別。然後用高瀨舟押往大阪。擔任押送者的是京都地方官町奉行的屬下差役。這位差役按照慣例，會允許罪犯親屬中的一名主要親人隨船同往大阪。此事雖然未正式報知長官，但上層在寬大為懷之下，也是睜隻眼閉隻眼地予以默許。

當時遭宣判流放荒島者，當然都是些被視為重刑的罪犯，但他們多數並不是劫財的強盜，或犯下殺人放火重罪的猙獰人物。高瀨舟所搭載過的大半罪犯，多屬一時輕率而干犯刑律。舉一個較常見的例子，當時有所謂男女為情相偕尋死的相對死，但在殺害女方後，男子竟然還活著，當然要加以處置。諸如此類便是。

黃昏時分晚鐘響起之際，載著這類罪犯的高瀨舟，搖著槳櫓穿過京都兩岸闐黑的家屋，向東走，再越過加茂川下行。此時在船上的罪犯與其親人會徹夜不眠地述說其身世經歷，並且不斷地重複著後悔莫及的叨絮。對於押送的差役而言，由於就在旁邊，必然會聽聞伴隨罪犯之親戚眷屬的悲慘境遇細節。這些都不是在地方級法庭上聽取呈堂供證、或衙役官僚在案頭撰錄口供時，所能窺知的境遇。

對於差役這種執行勤務者來說，基於秉性的差異，有的差役對於罪犯與親屬間的對話感覺嫌惡，想掩耳冷淡以對，也有的差役對於罪犯的遭遇感同身受，雖然基於職責不便形諸於色，但內心是默默地感覺哀悽。有時遇上境遇非常悲慘的罪犯及其親屬，更容易令心地脆弱淚腺發達的押送差役，在高瀨舟上聽得熱淚盈眶。

正因如此，搭乘高瀨舟押送罪犯的任務對於町奉行所的差役而言，非但不是件討好的工作，反而受人嫌惡。

❖ ❖ ❖ ❖ ❖ ❖

不知是哪個年代的事了。多半是在江戶由白河樂翁侯掌權的寬政年間吧。在智恩院的櫻花隨著黃昏的鐘聲而散落的一個春晚時分，高瀨舟上載著一名與以往大不相同，故而顯得奇特的罪犯。

這位名叫喜助的人，是個年約三十歲左右，居無定所的男子。由於根本沒有可供牢房傳喚去探望的親屬，所以登船的只有他一人。

接到押送命令一起登船的差役是羽田庄兵衛，只聽聞喜助是一名殺害親弟弟的罪犯。庄兵衛在押解人犯從牢房至碼頭這段路上，仔細打量了眼前這名瘦弱且臉色蒼白的罪犯，對方是如此老實順服，視自己為朝廷命官般地敬重，無論如何都不敢違逆。而且完全沒有罪犯間常見的那種貌似溫順、對權勢諂媚的態度。

庄兵衛感覺有些怪異，因此從登船開始，他對喜助投注超越了差役所應有的注意，而且是密切注視著他的一舉一動。

這一天從傍晚起，風就停歇了。天空中滿布著薄雲，隱約看得見月亮的輪廓。時序近夏的溫熱，令人感覺此刻的夜晚，兩岸的地面，甚至河床沖積的土壤中，冒起一層霧靄。高瀨舟離開下京的鎮上，從穿越加茂川後，周遭變得靜悄悄地，只聽得到船槳划過水面的聲音。

入夜後罪犯在船上就寢是獲得許可的，但喜助並不躺下休息。隨著雲霧濃淡而使得月光明暗不定。喜助沉默地仰頭不語，他的面容清朗，眼中閃耀著微微的光芒。

庄兵衛雖然未直視對方的眼睛，但始終注意著他的顏面。他心內一直覺得不可思議地奇怪著。正是因為喜助的臉上表情，因為不論從正面或從側面看，都充滿著愉悅。令人感覺若不是對差役還有所顧忌，他或許會吹起口哨、甚至哼起小調來也說不定呢。

庄兵衛心裡思索著。在此之前，他擔任用高瀨舟押送罪犯的工作不知有多少次了，但所載運的人犯大致相同，都會裝出不敢直視他人的可憐模樣。眼前這名男子是怎麼回事呀，他顯露出有如乘坐著遊山玩水船隻般地表情。他所犯的罪行是謀害親弟弟，就算他弟弟是個惡人，他的行徑畢竟是殺人，這對任何人來說，都不該產生愉悅的心情才對。然而這個臉色蒼白的瘦弱男子，竟然會是個完全欠缺一般人反應的絕世惡棍嗎。這完全不像呀，那會不會是他一時精神發狂所幹下的事呢。不，不，他完全沒有任何不合條理的言語或舉動啊。庄兵衛對喜助的態度感到無比困惑，而且越想越是不明白。

❖ ❖ ❖ ❖ ❖ ❖

過了一會兒，庄兵衛實在忍不住地對喜助叫道：「喂，喜助，你在想些什麼呀？」

「是是……」喜助嘴上回應，同時四週望了望，深恐有什麼地方招惹官廳差役的指責似地，調整坐姿注視著庄兵衛的臉色。

庄兵衛感覺有必要讓對方瞭解自己突然發問的動機，以及為何放下差役的立場而與其對話的理由。於是開口說道：「不用緊張，我並不是有什麼特別的事。實際上我老早想聽聽你對於前去荒島的想法。之前我已用此船押送過不少人前去荒島，他們的遭遇各有不同，但對於流放荒島的反應皆是悲傷愁苦，故而都會和送行的親屬徹夜痛哭流涕。可是我看你的樣子，似乎完全不認為流放荒島是件痛苦的事。你到底是怎麼看待這件事？」

喜助此時微微一笑。「承蒙您如此親切關照，實在感激不盡。您說的一點沒錯，流放荒島對其他人而言，確實是件悲慘至極的事。那種心情連我都能體會得到。不過這些人原本都是在世間過著快樂的日子。京都是個適合人居的地方，但這塊美好的土地對我而言，卻並不美好。我所遭遇的苦楚是別處所沒有的。現在由於官署的慈悲，饒我一命將我流放至荒島。島上就算極度痛苦難熬，但到底沒有鬼怪吧。在此之前，我還從未去過什麼好的地方。這次官署讓我到島上，讓我能夠安定下來，這已經值得我感激不盡了。我自己的身體雖然瘦弱，但卻從來沒有病痛，所以到了島上，就算幹再辛苦的活，應該也不會有什麼身體不適吧。另外，這次遭流放荒島，還獲得官署賜予二百文銅錢。我一直將它們放在這裡。」說罷，喜助用手拍了拍胸前。對於遭宣判流放荒島者發給二百文銅錢，是當時的規定。

喜助接著說：「說出來不怕您笑話，我長這麼大，還從來沒有像這樣將二百文銅錢揣在懷裡的經驗哩。之前到處走到處找可以做的工作，找到了就開始拚命幹活。拿到工錢，一向是右手領取，左手就又交給了別人。而且能以現錢買東西的時候，還是手頭比較寬裕之際。大多數時候是還了欠債，馬上又要借錢。自從我進了牢房之後，什麼事都不用做便有食物可吃。光是這一點，我已經覺得對不住官署了。更何況在離開牢房時，還叫我拿著這二百文錢。接著還是可以有官署供給的東西吃，這二百文就可以不用，一直保存著。能夠擁有屬於自己的錢，這對我來說，是這輩子從來未曾有過的事。現在我雖然還未踏上荒島，不知自己能做什麼事，但我已準備以這二百文當作未來營生的本錢。」這麼說完，喜助就沉默了下來。

「是這樣嗎。」庄兵衛嘴上這麼說著，但由於他所聽聞的事情全都大出其意表之外，所以他有好一陣子什麼也說不出來地默默地沉思著。

庄兵衛已經是年過四十的中年人，妻子生了四名子女，再加上老母，全家一共是七口人。他過著連尋常人都會認為已達吝嗇程度的節儉生活。平常他除了所穿的差役制服以外，就只有睡衣了。對他而言，不幸的是其妻出身有財力的商賈家庭；妻子雖然也想單靠丈夫的俸祿過日子，但自小在富裕家庭長大，在持家過日子上到底難以滿足丈夫的期望，每到月底總會出現青黃不接的情形。於是做妻子的不得不從娘家借貸以平衡支出。做丈夫的雖然極度厭惡向外借貸，但最終還是會知悉妻子的所作所為。一年五個節慶的開銷都要靠娘家貼補才能過得去，特別是孩子的七五三節[1]要由娘家提供儀式穿著的服裝，庄兵衛當然感到心頭不悅，若再發現平日生活的不足，也要依賴外援，他的心情惡劣可想而知了。庄兵衛的家庭中並沒有什麼破壞和諧的大問題，但卻常常因家用支出而出現風波。

庄兵衛聽完喜助的話，不禁拿喜助的情況來和自己做比較。喜助工作所得，是右手進，左手再交給別人，這當然是可悲、可憐的一種情況。可是轉頭看看自己，他與我之間又有什麼差別呢。自己雖然有上級發給的俸祿，但不也是左手進右手出的過日子嗎。他與我之間的差別只是算盤上個、拾、佰、仟的位數不同而已，甚至自己還沒有可與喜助所擁有的二百文銅錢相對稱的儲蓄。

基於算盤上位數的不同來考量，雖然只是二百文，喜助卻是視之為儲蓄而心懷喜悅，這並不是沒道理。我是能體會他的這種心情。可是，就算從位數的不同來考量，令人覺得不可思議的是喜助的知足與毫無欲念。

1 譯註：日本的兒童節。

喜助曾為找工作而苦。只要能找到工作，他會拼命工作，而且只要能糊口，他就感到滿足。所以自從進入牢房而獲得之前難得的食物，這簡直像上天賜予一樣；他驚訝於不用工作便能有東西吃，從而感受到此生未曾有過的滿足。

庄兵衛再怎麼以位數來思索，在這一點上他與自己仍是有著極大的差異。自己是靠著俸祿過日子，就算偶有不足，大抵是收支平衡。這代表著過得很辛苦。他在這方面幾乎完全沒有滿足的感覺，平常生活也不感覺到幸或不幸。可是在自己內心深處，不免潛藏著在這種生活之下，若突然遭到解僱、或突然生了一場大病該如何的憂懼。特別是在瞭解到妻子不時自娘家尋求奧援來貼補家用開支後，此種潛在的憂懼便不時浮現心中。

到底這種差異何而產生的呢。若僅從外表看，那是因為喜助沒有家累，自己則有家累的關係，那倒也說得通。然而這並不是真正的原因。因為就算自己是孤家寡人一個，也不可能抱持著像喜助一樣的心情。根本的原因，還在更深層處，庄兵衛這麼思索著。

庄兵衛此刻開始探求人一生的所作所為。人在生病時，只求若未生病就好了。若每日的生活中缺少食物，就會想著只要有得吃就好了。手頭上若沒有備一時之需的儲蓄時，心頭會想多少有一點儲蓄就好了。有了儲蓄，又希望有更多的儲蓄。像這樣一層一層地向上推求，真不知人的欲望要到何處才會有止境。但是，庄兵衛注意到，眼前這位喜助，正是能使欲念停頓下來的一個榜樣。

庄兵衛以一種不曾有過的驚訝目光注視著喜助。此時庄兵衛感覺對空仰望的喜助的頭頂上，似乎閃耀著光輝。

❖ ❖ ❖ ❖ ❖ ❖

庄兵衛注視喜助面容的同時，開口叫道：「喜助先生」。此次雖然加上「先生」兩字，但也並非是在非常有意識下的稱呼改變。講這個話的人是我嗎，庄兵衛也注意到這項稱呼並不穩當，但說出嘴的話已收不回來了。

「是」喜助回答道，對於被稱呼為「先生」這一點，他似乎也覺得怪異，所以有些怯怯地打探庄兵衛的臉色。

庄兵衛感覺有些不好意思地說：「我要跟你打聽點事。你此番被發配荒島，是因為殺人的緣故，可以將此中的原委告訴我嗎？」

「遵命……」喜助非常惶恐地回答，之後便開始謹慎地述說。「我也不知為何會做出如此可怕的事，對此我是無話可說。事後想起來，到底是怎麼發生的，連我自己都覺得不可思議，就好像做了一場夢。我在很小的時候，雙親便因瘟疫而去世，留下我和弟弟兩人。最初我們二人就像在屋簷下所出生的小狗般地可憐，完全依靠村內人們的施捨才活了下來。最初是在鄉里中給人跑腿服勞務，而免於凍餓地長大。之後我們便開始到處找工作，而且兩人一直是在一起，互不分離，相互地幫忙。在去年秋天，我和弟弟一同進入西陣的紡織廠，擔任操作紋織物裝置的工作。就在這段期間，弟弟得了病而無法工作。那時我們住在北山臨時搭建的棚屋中，跨越紙屋川便可通達紡織廠，我都是在天色將暗之際，帶著買的食物回去。弟弟總是在等待著我回去，然後訴說讓我一人工作，真是對不起的話。

這一天我跟往常一樣地剛回到住處，就發現弟弟俯臥在棉被上，周圍全是血跡。我嚇了一大跳，丟下竹葉包著的食物，趕忙來到床邊問道，『你是怎麼了？』此刻弟弟抬起從兩頰到腮幫子都沾染著血跡的蒼白面孔，他雖看著我，但講不出話來。而且每當他呼吸時，傷口處便傳出咻咻的聲音。我因不知道發生了什麼事而問道：『怎麼回事，你怎麼會吐血呀？』同時要靠近他身旁。此時弟弟右手撐著床，稍微將身子仰起來。他的左手緊緊壓著頸部，指間流出已呈塊狀的黑色血液。他以眼睛示意，叫我不要靠近，然後好不容易地發出聲音。『對不起，請原諒我。既然得了這種治不好的病，不如早一點死掉，這樣也可以讓阿兄過得寬裕一些。我本來以為切斷氣管可以馬上死掉，但結果僅是有氣息從傷口漏出，卻一直死不了。我雖然想切得再深一些，但用力時手卻滑向一邊了。現在刀刃還未拔出，只要能將刀子好好地拔出來，我應該就能死了。我現在痛苦得簡直說不出話來，請幫忙替我將刀子拔出來吧。』說完，弟弟左手一鬆，又聽得到氣息漏出的聲音。

我這時什麼話也說不出，只能默默注視弟弟喉嚨上的傷口。他多半是用右手持剃刀橫著切破氣管，但由於死不了，就想用刀子儘量往深處剜，結果刀子深深地插入喉嚨，只有兩寸刀柄在傷口外。我看到這光景，腦子不斷思索也不知該怎麼辦，只能望著弟弟的臉；弟弟也盯著我。『你等等，我去找醫生來』，對於我所說的話，弟弟的目光轉為埋怨，『醫生有什麼用，我真痛苦，拜託請幫我將刀子拔出來。』此刻我是六神無主，不知該如何，只能看著弟弟的臉。這時弟弟的眼神像會說話似地，敦促著『快拔……快拔……』地怨憤地盯著我。我的腦子裡就像有個車輪在不停轉著，而弟弟仍在用可怖的目光不停催促。接著，他的眼光從埋怨漸漸出現變化，開始以一種面對著仇敵般的憎惡眼神瞪著我。到了這個地步，我看是不照弟弟的期待去做是不行了。『既然如此，我就替你拔吧』，說完，弟弟的眼神馬上有所改變，變得開朗，甚至有些喜悅。我則想著好像除此之外也別無他法，於是用身體頂著弟弟準備用力。弟弟這時將右手放平躺了下來，同時放開壓著喉嚨的左手。我緊握著刀柄，使勁向後拉。

就在此時，原本由裡面關上的門被推開。進來的是住在附近的一位老婆婆，她是我請託於我不在時，來做些幫忙餵藥等的雜事。由於屋內已經很昏暗，我並不知道老婆婆到底看到了多少。老婆婆哇地大叫一聲拉開門便衝了出去。我在拔剃刀時，心裡想著要快點拔、要筆直地往後拔，而且也小心翼翼地這麼做；然而我感覺在抽出時，刀子觸碰到了原先所沒有切割到的地方。由於刀刃朝向外側，所以切割到外沿的部分。當老婆婆進來、接著又跑出去的時候，我正緊握著刀子，茫然地發著呆。待我恢復意識後，才發現弟弟已經沒有了氣息。此時傷口處又湧出大量的鮮血；我將剃刀放置身旁，並且注視著尚未瞑目的弟弟面容，直到一群年長者進屋將我帶往町役所。」

仰頭對著稍微俯視他的庄兵衛說了這番話後，喜助再次將視線投向自己的膝頭。

喜助說的話極有條理，可以說是有條有理地過了頭。這是案發迄今半年的光景裡，無數次在他腦海裡浮現當時的經過情形，而且多次在役所及町奉行所問案過程中，經由仔細思索後才得出的實際案情。

庄兵衛聽完喜助的敘述，彷彿自己也親身經歷過案情發展似地。當他聽到一半時，便產生一項疑問，這能算是殺害親弟弟嗎？這能算是殺人嗎？但直至聽完，他的疑惑仍然未能解除。是弟弟要求將剃刀拔出，是弟弟本人求死；果真因拔出刀而死，那應該算得上是殺了這個人。可是若任其那樣不去管他，他最後還是會死。他之所以期望早死，是因為忍受不了痛苦，喜助也不忍心見他受苦。正是因為要使他脫離極度的痛苦，才會取其性命。這能算是犯罪嗎？殺人當然是罪惡，但若非如此，便不能將對方從痛苦中解救出來。這才是怎樣也解不開的疑惑所在。

庄兵衛在心中左思右想之後，所得出的結論是與其由自己下判斷，不如聽任上級的判斷，服從上級的權威，並且將其當作自己的判斷。雖然這麼想，庄兵衛還是感覺有些不甚妥當，日後總要找奉行長官問個明白不可。

在朦朧的月色中，夜已深了。高瀨舟上載著靜默無語的兩個人，在漆黑的水面上朝前划行著。

山椒大夫

經由越後的春日到今津的路上，出現幾位少見的行旅之人。這些人包括三十出頭的母親和兩名子女，大的是十四歲的姊姊，小的是十二歲的弟弟，另外就是一位約四十歲的女傭。這位女傭一直在鼓勵已經疲憊不堪的姊弟二人，「馬上就到寄宿的地方了。」兩人當中，姊姊明明已累得拖著步子在走，但她好強不想讓勞累的母親跟弟弟知道，過一會兒就會像精力充沛似地，跨出大步給他們看。他們這幾位婦孺如果只是到近處參拜走走也就罷了，誰知卻是戴斗笠、拿手杖的勁裝打扮出門遠行，任誰看到都會感覺既稀奇，又有些不捨。

兩旁的道路上，百姓的房屋斷斷續續地延伸著。砂跟小石頭很多，但在秋陽照射下，變得乾燥，而且和黏土摻雜在一起，呈現硬化，不會像海岸邊那樣，動不動腳踝就會陷入砂地裡那般惱人。

在夕陽照射之下，他們來到一處並排幾間茅草屋所形成的一戶人家，四週還種有櫟樹。

「看哪，真是美麗的紅葉。」最前面的母親伸出手對孩子說。

他們朝向母親所指的方向望著。原本沉默的女傭說道：「樹葉已經染得那麼紅，難怪早晚變涼了。」姊姊突然回過頭望著弟弟，「真想趕快到達爸爸那裡。」

「可是還要走很久才能到呀。」弟弟機靈地回答。

「沒錯。還要越過許多像之前越過的那種山嶺，並且要乘船渡過河跟海才能到得了。所以你們每天都要打起精神乖乖地走路。」母親面露嚴肅表情。

「還是希望能早點到。」姊姊說。

四個人沉默不語地走著。

對面來了一個擔著空桶子的女人，她是汲完潮水是從鹽田回來的汲潮女。

女傭開口問道：「這帶有沒有可供旅人住宿的地方呀？」

汲潮女停下腳步打量了主僕四人後說道：「真是不巧，你們來到這裡天色已經不早了，但這附近連一處可供住宿的地方都沒有。」

「真的嗎，怎麼會有這麼沒人情味的地方呢。」女傭說道。

「不，這裡有很多信神拜佛的人，而且是很有人情味的地方，然而國守有命令，不遵守也不行。妳瞧那裡。」對方回頭指著來時路，「看到了吧，只要一到橋頭，就可以看到高高豎立的告示牌。上面清楚地寫著，近來有壞人在這附近出沒買賣人口。若有人收留旅人給予住宿，必將追究。而且會拖累左右七戶一起連坐。」

「那可就糟了，帶著孩子出門，已經累得實在走不動了。是不是能想什麼辦法呢？」

「我看這樣好了，你們可以走到我剛才來的鹽田附近，走到那裡天色大概就黑了。如果不去那裡，除了野宿以外，別無其他法子。我的想法嘛，就在那邊的橋下過夜吧。在岸邊的石牆旁，豎著擺放很多從荒川上游漂下來的林木。小孩子白天會在木材下面玩耍。最裡面是太陽照不到的幽暗場所，但風刮不進來。我住在鹽田主人的家裡，就在那櫟樹林裡。到晚上我會給你們送去一些麥稈與粗草蓆。」

站在邊上的母親聽了這番話，也湊上去開口。「有這麼一個好法子，我們真幸運。那我們就往那走吧。還請借我們一些麥稈與粗草蓆，這樣孩子就可以當墊子跟被子了。」

商量好了，汲潮女往櫟樹林走去。主僕四人則朝向橋的方向快步走去。

❖ ❖ ❖ ❖ ❖ ❖

他們四人來到跨越荒川的應化橋橋墩邊。正如同汲潮女所說，這裡豎立著一個新的布告，上面是國守的命令，內容如她所說。其實要查辦販賣人口，應該深入追究涉案者才對。發布這種拒絕旅人投宿，使其走投無路困在街頭的命令，真是粗魯無能，令人想不透。但在鄉人的眼中，規定就是規定。命令本身沒有善惡，孩子的母親只能怨嘆自己竟然來到實施這種命令的地方。

在橋墩邊，有條通道可供人們走至河邊洗衣服。他們一行來到河邊，果然看到極多的木材豎著靠在石垣上。他們貼著石垣在木材底下通過。孩子覺得這很有趣，跑在前面。來到深處，是個像洞穴的地方，下面有大片的木材平放著，就像一張床。男孩首先鑽進最裡面，同時叫著：「姊姊，趕快來呀。」女孩有些膽怯地靠向弟弟身旁。

女傭從包袱中取出換洗的衣物，鋪在角落，然後安頓他們坐下，兩名子女依偎在母親身邊。從他們離開岩代的信夫郡老家後，每日落腳處雖然也有和自己家差不多的時候，但也有比此一僅有木材庇蔭的處所更差的場地。由於已經習慣處處受拘束，所以他們並不覺得辛苦。

女傭從包袱裡取出的不僅是衣物，還有費心所準備的食物。她拿出來放在母子面前說：「這裡可不能升火，因為要防範附近可能有惡人。我去鹽田主人家裡討一些熱水，同時將一些麥稈與粗草蓆帶回來。」

女傭走了之後，孩子們高興地吃著米果與水果乾。

過了沒多久，他們聽見有人走近的聲音。「是姥竹嗎？」母親叫著女傭的名字。她心中想著女傭才離開不久，不會這麼快就回來才對。

走進來的是一名四十來歲男子，他是一個身材魁梧，並不肥胖，而且身上的肌肉一塊一塊似乎可以數得出來；他臉上浮現有如象牙所彫刻出人偶般的笑容，手上還握著佛珠。就像在自家散步似地，他熟練地走進母子藏身之處。然後在三人坐臥的木材另一端坐下來。

母子驚恐地互相望著。由於對方似乎並無意加害於他們，所以並不害怕。

隨後男子開口說話了。

「我是一個船伕，名叫山岡大夫。聽說近來這附近有拐賣人口的販子在活動。國守下令禁止提供旅人住宿。看來在抓獲這些人口販子之前，國守是不會放寬這項命令。可憐受罪的是行旅之人。我正是為了幫助旅人，才會來到這裡。好在我的家不在街道上，悄悄地收容，並不用擔心別人發現。我常常到樹林中及橋下看看有沒有野宿者。到目前為止，已經收留過很多很多人了。我看你的孩子們只吃些粗點心，這種東西不但吃不飽，而且還會壞牙齒。我家雖然沒什麼好東西款待，但好歹請吃點芋粥吧。請不要客氣隨我來吧。」這名男子並未極力邀請，反倒像自言自語地在說話。

母親注意地聽完他的話，不得不感嘆世間竟然還有敢於違法去救人的情操。於是她說：「您的好意我非常感激，既然有不准借宿的規定，貿然給屋主增加困難，實在過意不去。我自己是沒關係，但若能讓孩子吃上熱粥，並在屋頂之下安心休息，這種恩德我到下輩子都不會忘記。」

山岡大夫點了點頭，「嗯嗯，真是明理的女人。既然如此，我現在就帶你們去吧。」說著，站了起來。

這時母親有些為難，「請再等一下。您如此費心照顧我們母子三人，但這件事一定要讓您知道，實際上我們還有一個人。」

山岡大夫不禁豎起耳朵，「還有同伴呀，是男是女呢？」

「是為了照顧孩子而帶著的女傭。她去三、四町外的街道向人家討熱水，應該就要回來了。」

「是女傭呀，那就等等她吧。」原本沉著而難以窺知心底深處的山岡大夫臉上，不知為何浮現一絲喜悅。

❖ ❖ ❖ ❖ ❖ ❖

這裡是直江港灣。太陽此時還隱身在米山的後面，深藍色的海水上浮著一層薄霧。

有一艘船載了一群客人，船老大正解開船上的纜繩。這個船老大正是山岡，而客人就是昨天寄宿在山岡家的主從四名旅人。

母親與兩名子女在應化橋下遇上山岡大夫，等待拿著缺角瓶子去討開水的女傭回來後，便一起到山岡家裡借宿。一路上女傭姥竹面露不安表情。山岡將四人收留在街道南端深處松林中的茅屋中，並提供芋粥給他們吃。之後問起他們從哪來，要到哪去。已疲憊不堪的孩子們就寢後，母親在微弱的燈火下，向茅屋主人說明她這趟遠行的大概情形。

她是岩代的人。由於丈夫去九州甚久未歸，於是帶了兩名子女前往尋夫。姥竹是姊姊出生時的褓姆，後來便一直留下來當女傭。由於她沒有親人，而自已對長途跋涉並無把握，所以帶著她做個伴。

此刻雖來到這裡，但比起要前去九州的遙遠，可說才剛開始而已。從現在起，是該走陸上，還是走海上呢。主人既是在船上工作，一定見多識廣，想順便請教一番。

山岡似乎很熟悉，他毫不猶豫地勸說應該走海路。「因為如果是走陸上，馬上就要到越中國的邊界，那裡有一處親不知子不知的難行之地。當大浪打在聳立的峭壁時，旅人必須趕緊躲入下方的橫穴中，待浪退的那一刻，必須儘快通過狹窄的岩石下方的通道。這時親子誰也顧不了誰。

這就是海邊的難行之所。另外在越過山嶺時，所踩踏的石頭一有鬆動便會連人帶石落入深谷。從這裡要到西國，不知道會遇上何種程度的艱難。走海上就完全不同了，只要有好的船老大照顧，坐著不動，也能走上百里、千里。我自己雖然沒有去過西國，但我認識各地的船老大，我先載你們出去，然後換乘前往西國的船便行了。明天一早，我會用快船載你們出發。」山岡若無其事地說著。

天色剛亮，山岡催促著主從四人離開屋子。這時母親從隨身的小袋子裡掏出錢要付給山岡當作住宿費用，他拒不接受，但卻表示要代為保管裝著錢的重要小袋子。以往在住宿或搭乘舟船時，習慣上將重要的物品交給寄宿主人或船主代為保管。

孩子的母親由於一開始同意了借宿，使得她似乎不得不聽從主人山岡的吩附。不顧規定提供住宿，雖然令人感激，但還未到凡事必須聽從信任山岡的地步。可是山岡的言行舉止極為強勢，使得母親幾乎無法抗拒。這是一個令她感到可怕的地方，不過母親並不認為自己畏懼山岡，只不過連自己也不能十分確定吧。

母親在不得已的心態下上了船。孩子們看著風平浪靜的大海，表面就像一大片藍色毯子般，稀奇地跳躍著。只有姥竹，從昨天離開橋墩，一直到今天上船為止，臉上的不安神色從未消除。

山岡解開纜繩，用長桿子往岸上一撐，船便搖晃地向前行。

❖ ❖ ❖ ❖ ❖ ❖

山岡將船先沿著海岸向南，朝向越中境內方角的方向行駛。此時薄霧逐漸散去，海面上映照著陽光。

在沒有人煙的岩石陰暗面，海浪沖刷著沙灘，不時將海藻打上岸。在那裡，停著兩艘船。船夫看見山岡，對他呼喊著。

「怎麼樣，有了吧。」

山岡舉起右手，但彎折拇指，並且將自己的船向對方靠近。他彎折拇指，代表著有四個人。在前面的那名船老大叫做宮崎的三郎，是越中宮崎出身。他張開原本握拳的手。右手指著貨，左手代表著開價。這是代表著五貫錢[1]。

「看我的。」另一名船老大叫著，伸出左臂，並張開握著的拳頭，接著單獨伸出食指。這名男子是佐渡的二郎，他開價六貫錢。

「你這傢伙！」宮崎叫道，「竟敢搶我的生意。」並且上前理論。兩艘船相互碰撞，船舷激起了水花。

山岡冷冷地盯著兩名船老大的表情。「別吵了，你們倆都不會空手而回。我不會讓主顧落空的，每人分兩個，價錢就照後面的開價吧。」說著，山岡回過頭。

「你們每兩人乘坐一艘船。他們都是開往西國的船。船的速度有一定限制，過重就會走不

1 譯註：一貫為一千文。

快。」

兩名子女上了宮崎的船，母親與姥竹則上了佐渡的船。山岡扶著他們換到另外的船上，順手就接過宮崎與佐渡給他的好幾緡錢。

「啊，還有寄存在住宿主人那裡的小袋子……」姥竹拉住女主人袖子想提醒她的時候，山岡已撐著空船划出去了。

「就此告別。我已經將你們從一個靠得住的人，轉移給另一個靠得住的人。你們好自為之吧。」

耳邊傳來快速搖槳的聲音，山岡大夫的船距離越來越遠了。

母親向佐渡問道：「我們都是同一條航路、前往同一個港口吧。」

佐渡與宮崎互相望著，接著大聲笑起來。接著佐渡開口了。「你們乘坐的是渡化眾人之舟，蓮華峰寺的和尚不是說過的嗎，你們會到達相同的彼岸。」

兩名船老大不再開口，接連將船划出去。然而佐渡的二郎是往北划，宮崎的三郎是往南划。「哎唷哎唷」親子主從不斷驚呼著，但兩艘船的距離是愈拉愈遠了。

母親瘋狂地抓著船舷，墊起腳高聲叫著：「已經沒辦法了，就此暫別。安壽，妳要收藏好守護本尊地藏菩薩彫像。廚子王，你要珍惜父親給你的護身刀。你們兩人不要分離！」安壽是姊姊的名字，廚子王是弟弟的名字。

孩子們只能「媽媽、媽媽」地叫著。隨著兩船間的距離越來越遠，姊弟倆就像等待餵食的雛鳥一般，只見他們張著嘴，但已聽不見聲音了。

姥竹此刻對佐渡二郎叫道：「喂喂，船老大」，可是佐渡不但不理她，所以她只好撲上去抱住他那像赤松樹幹腿。「船老大，這是怎麼回事啊。你這樣拆散小姐、少爺，要叫他們到哪去呀。還有太太……，今後要怎麼活下去呀。請你行行好，轉頭朝那艘船的方向划過去吧。」

「真是嚕嗦！」佐渡抬腿向後踢，姥竹頭髮散亂地跌坐在船底。接著，她奮力起身轉頭，「事到如今，也沒辦法了。太太，請你保重。」說完，她縱身向大海用力一跳。

「啊」，船老大伸出手想抓住她，但沒來得及。

母親此刻脫下襯衣拿到佐渡面前。「這是不值錢的物件，作為答謝你的照顧。就此告別。」說著，用手抓住船舷想爬上去。

「別瞎胡鬧」，說著，佐渡扯住頭髮將她拉倒。「我那能讓你死，你是丟不得的貨呢。」佐渡的二郎拉出纜繩，將母親一圈又一圈地綁了起來。接著持續向北方划去。

載著不斷呼叫「媽媽、媽媽」的姊弟二人的船隻，在宮崎的三郎搖槳划行下，順著海岸往南行駛。

「別叫啦。」宮崎叱喝著。「就算水下的魚蝦能聽得見，她們也聽不見了。她們是往佐渡去的，除非你們能插翅，不然是追不上的。」

姊姊安壽與弟弟廚子王擁抱哭泣著。離開故鄉踏上遙遠的旅途後，一直是跟在母親身邊，現在突然被拆散，他們不知今後該怎麼辦。這樣遭強迫拆散會給他們帶來多大改變，他們是難以了解的。

到了中午，宮崎拿出乾糧吃。他分給安壽與廚子王各一塊餅。兩人手上拿著餅，但難以下嚥，只是互相看著流眼淚。夜晚，兩人蓋著宮崎給他們的蓆子下，在哭泣中入夢。

兩人在船上天亮又天黑地過了好幾天。其間宮崎的船在越中、能登、越前等地到處尋找買主。可是人們看到兩人年紀小，身體又弱，根本無意買下他們。就算好不容易有人願意買下他們，但價錢又談不攏。宮崎越來越煩躁，「一直哭什麼哭」，伸手想打姊弟兩人。

宮崎不斷地左彎右繞，這一天來到丹後的由良港。此處在一個叫做石浦的地方，有一座大宅子。豪宅的主人是一個叫山椒大夫的有錢人。他在田裡種植米麥、在山裡狩獵、在海裡捕魚、養蠶紡紗，無論開礦、製陶、製作木器，他會利用各種工匠去製作各種各樣的東西。在此之前，宮崎一向是將別處賣不掉的貨，帶到山椒大夫的地盤來。

宮崎以七貫錢的代價，將安壽與廚子王賣給奉山椒大夫之命前來港口的奴僕頭子。

「哈哈哈，終於清理掉一對餓鬼，真是一身輕呀。」說著，宮崎的三郎將錢塞入懷中，走進碼頭的酒館裡。

❖ ❖ ❖ ❖ ❖ ❖

在雙手合抱不了的柱子所打造的大宅深處有一間大屋子，屋裡方形的爐子裡燃著炭火。對面鋪著三張褥子，山椒大夫依靠茶几用手支著面頰。左右兩側是二郎，三郎，兩名兒子像石獅子般地站立著。山椒大夫原本有三個兒子，太郎在十六歲那年，目睹父親在企圖逃亡而被抓回來的奴僕身上烙印，竟然什麼也沒說便離家出走，且行方不明。這已是十九年前的事了。

奴頭將安壽及廚子王帶到面前，要兩人向山椒大夫行大禮。但他們好像沒有聽見似地，只是張著眼睛看山椒大夫。今年已六十的山椒紅光滿面，額頭寬大，一張國字型的臉。頭髮跟鬍鬚都泛著銀色，與其說是害怕，兩個孩子毋寧說是感覺好奇地盯著對方的面孔。

山椒大夫開口說道：「這就是買來的孩子啊。這和以前買的不一樣，真不知該怎麼用。跟我報告說是什麼少見的孩子，所以我特別叫來看一看，竟然是如此廋弱。該叫他們幹什麼活，連我也不知道呢。」

在旁的三郎開口說話。他雖然是三兄弟裡的老三，但也已三十了。

「父親大人，從剛才情形來看，叫他們行禮也不行禮，也不像其他奴僕那樣會自報姓名。看他們雖然廋弱，但倒算頑強。通常剛開始服勞務，男的是砍柴，女的是挑鹽水。不妨就照慣例辦吧。」

「說得很對，連我都不知道他們的名字。」一旁的奴頭說道。

山椒大夫開口笑道：「就依你們的意見。讓我來給他們取名字，姊姊叫垣衣、弟弟叫萱草。垣衣到海邊每日挑三擔潮水，萱草到山上每日砍三擔木柴。看他們身體瘦弱，就給他們小一點的擔子吧。」

「真是太體恤他們了，喂，奴頭，把他們帶下去領工具吧。」三郎說道。奴頭帶著兩人來到新來者所住的小屋，並交給安壽桶子與杓子，給廚子王竹籠與鐮刀。兩人都領到裝午飯的便當盒。新人小屋與其他奴婢所住的地方並不在一起。

奴頭離開的時候，天色已經變暗，但小屋裡並無燈火。

❖ ❖ ❖ ❖ ❖ ❖

第二天清晨非常的寒冷。昨晚由於小屋裡所準備的棉被太髒，廚子王找來草蓆，兩人像在船上似地，蓋著草蓆就寢。

他們照著奴頭昨天所教地，廚子王拿著便當盒到廚房去領取伙食。屋頂上及地面所舖的禾桿上，還殘留著深夜所降下的霜。廚房的空間很大，已經有許多奴婢在那裡等待著。男與女是在不同地方分配食物，廚子王因為想替姊姊領取而遭到叱責。直到他保證明日起會照廚房規定之後，廚工才在裝了飯盒之外，給他兩份餐盤，盤中放置著米飯及盛著湯的木碗。飯是摻著鹽一起煮的。

姊弟倆一邊吃早飯，一面相互打氣地談著。既然已遇到這種遭遇，除了在命運下低頭，也沒其他的法子。接著，兩人分兩條路走，姊姊到海邊，弟弟往山路。山椒大夫的大宅子共有三道門，出了最外面的第一道門後，兩人踏著霜，分左右兩邊走去，還不時回頭看著。

廚子王所去的採集木材場所是由良岳的山腳一帶，要從石浦稍微南方一點開始向上走，砍柴的地方離山麓不遠。通過許多紫色岩石裸露的地區後，會出現比較寬廣的平地。這裡生長著茂密的雜木。

廚子王站在雜木林中向四週打量了一陣子，但他並不知道要如何砍柴，所以只能拿著拿著鐮刀坐在仍然附著融霜的如茵落葉上，恍惚地發著呆。等慢慢回過神來，才開始砍了一兩根樹枝，他的指頭就受傷了。於是又在落葉上坐了下來。連山上都這麼冷，往海邊的姊姊要如何忍受海風的刺骨呀。想著，他不禁流下了眼淚。

太陽已高高懸掛著了。這時有其他打柴的樵夫背著竹籠下山，看見他問道：

「你是山椒大夫的奴僕吧，你每天要砍多少擔柴呢？」

「每天要砍三擔，現在只砍了一點點。」廚子王老實地回答。

「若是每天要砍三擔，那麼分配為中午前砍兩擔比較好。砍柴要這樣砍才行。」樵夫卸下背上的竹籠，很快地便砍了一擔柴。

廚子王開始振奮精神，終於在中午前砍了一擔柴，下午又砍好了一擔柴。

往海邊的安壽沿著海岸向北行。來到汲取潮水的地方，可是她並不知道該如何汲取。她在心中勉勵著自己，並且嘗試著放下杓子想舀水，但剛放下去，杓子就被浪給捲走了。

這時在她旁邊不遠處舀海水的女子連忙上前將杓子檢回來，並且對她說：「不能那樣舀，讓我來教妳吧。用右手這樣舀，然後用左手這樣接著。」就這樣一舀一舀地裝滿一擔。

「真是謝謝。多虧妳的幫忙，我知道該怎麼做了。讓我自己來試試吧。」安壽學會了汲取潮水的方法。清純的安壽很喜歡也在這裡汲取潮水的女子，兩人在一起吃午餐的時候，相互瞭解了對方的身世，並且結成了姊妹。她叫伊勢的小萩，是從二見浦買來的女子。

第一天就在這樣的機緣下，姊姊如期完成三擔潮水、弟弟完成三擔木柴的進度。雖然每人都有一擔是因為別人的幫助，但總算在太陽下山前完成工作。

接下來姊弟兩人每天過著汲潮、砍柴的日子。姊姊在海邊想著弟弟，弟弟在山上想著姊姊，晚上回到小屋，二人相互握著手，想念在九州的父親，在佐渡的母親，不禁相視而泣。

就這樣經過了十天，他們在新來者所居住的小屋期限已滿，男的要編入男奴組，女的要編入女婢組。由於姊弟二人寧死也不願分開，奴頭只好向山椒大夫報告。

對此，山椒大夫表示「真是胡鬧，將男的帶往奴僕組，女的帶往婢女組！」奴頭接受命令正要離開時，在旁邊的二郎叫住他，並對父親說道：「應該遵照您所說地，將兩名孩子分開來，但他們表示寧願死也不分開。像這般愚蠢者，或許真的會去尋死。儘管他們砍柴和汲潮水的數量並不多，但折損人手總是損失。這對我們來說，總不是件好事。」

「說得也對，我確實不喜歡損失的事。那就由你來處置吧。」說完便走了。

二郎在第三號木屋旁加了小屋，讓姊弟兩人住在一起。

有一天，他們像往常說著有關想念父母的話的時候，被從旁邊經過的二郎聽見了。二郎有時會巡視宅子，監督防止強奴虐待弱奴、爭吵、偷竊之類的事情發生。

二郎走進小屋對他們說：「你們雖然思念父母，但佐渡很遠，九州更遠，都是小孩子去不了的地方。不如安心等待與父母相逢的一天到來。」說完就出去了。

又過了一些日子的有一天夜晚，兩人又在述說著父母的事。這次換成三郎經過小屋。三郎喜歡獵取在鳥巢裡休息的鳥類，所以他常常手持弓箭在宅子內悄悄地來回走著。

姊弟倆每次在談論與父母相關的話題時，總是說著該這麼做，要那樣做才能重逢等的各種方法，好像在說夢話一般。今夜姊姊又開口說道：「要長大後才能去遠方，這是當然的。這雖然是我們做不到的事，但我仔細想過，無論如何我們兩人是無法一起逃走。我是沒關係，只要你能逃走就好。接著你先去九州，和父親見面後，商量出好的方法，再來佐渡尋找媽媽。」

三郎來到小屋前，正好聽見安壽所說的這番話。三郎手持弓箭進入小屋內。「好呀，正在密謀想逃走。任何想逃走的人都要遭受烙印的處罰，這是本宅的規定。燒紅的烙鐵可真是夠燙呢。」

兩人的臉色變得蒼白。安壽走到三郎面前。「這些都不是真的。弟弟一個人逃走，能到哪去呢。因為想念親人，才會說出那樣的話。最近我還說想和弟弟一起變成鳥飛走呢。這全都是胡思亂想。」

廚子王也說：「正如姊姊所言，我們是太想念父母了，所以才經常說一些不可能的事。」

三郎注視著兩人的面孔，沉默了一會兒。「不管是真是假，我已經清楚地聽見你們所說的話。」三郎說完便出去了。

當天夜晚兩人因為思緒不寧而難以入睡。他們忽然聽到什麼聲音而張開眼。打從他們住進小屋，便不准放置燈火。從微弱的光線中，看見三郎站在枕邊，接著他緊抓兩人的手，拉到門外。蒼茫的月兒高掛天際，待兩人眼睛能看清周遭的景物時，已被拖行至寬闊的走廊上。登上三段階梯，轉了又轉，來到上次到過的大屋子裡，裡面有許多人沉默地站立著。三郎將兩人拖到炭火燒的正旺的火爐前。兩人從被拉出小屋時便不停求饒。三郎卻什麼也不說，到後來兩人也沉默下來。火爐對面的地上舖著三張氈子，山椒大夫坐在上面。大夫的紅臉在在兩旁火炬的反射下，像要燒起來似地。三郎從炭火中抽出燒得通紅的火鉗子，看了一會兒。原本呈半透明狀的熾熱鉗子慢慢變黑了。接著三郎抓著安壽，將火鉗子押向她臉上。廚子王衝上前抓住三郎的手肘，三郎將他踢倒，並用右膝壓住。接著，用火鉗子在安壽額頭印上一個十字形狀。安壽發出的慘叫聲，劃破了沉靜的黑夜。三郎丟下安壽，拉起壓在膝下的廚子王，也用火鉗子在他額頭上烙下一個十字形。此時屋內交雜廚子王的大哭聲與姊姊低聲啜泣。三郎丟下火鉗子，又像來時那樣，抓住兩人的手臂，將他們沿著三段階梯，拉到屋外的凍土上。兩個孩子強忍著身體的創痛與心理的恐懼，勉強挪動僵硬的身子，好不容易才回到三號木屋旁的小屋。倒在草蓆上的兩人，像屍體般無法動彈；此時廚子王突然想到，「姊姊，快將地藏菩薩拿出來。」安壽連忙坐起，將貼身的袋子取出，用顫抖的手解開繩子，從袋子裡拿出佛像放在枕邊，兩人分踞兩側向佛像叩頭。就在此時，額頭原本痛到咬緊牙也忍不住的痛楚，突然消失不見了。用手摸了摸額頭，也已沒有任何傷痕。兩人吁了一口氣，張開眼睛。

兩人感覺像是做了一場夢，而且還是同樣的夢。安壽掏出護身符本尊，像夢中般地，放置在枕頭邊，伏身敬拜。在微弱的光線照射下，可以看見地藏菩薩的額頭，在眉間的水晶左右兩側，出現硬物所彫刻出的十字形的鮮明裂痕。

❖ ❖ ❖ ❖ ❖ ❖

自從兩人的談話被三郎偷聽、當天晚上做了可怕的夢之後，安壽的樣子出現極大的改變。她臉上的表情緊繃著，皺著眉頭，目光盯著遙遠之處，而且什麼話也不說。在這之前，她每天等待弟弟從山上回來，並且有著說不完的話。但現在卻很少講話。廚子王擔心地問道：「姊姊，你怎麼了？」安壽才會刻意地笑：「我沒怎樣，不用擔心。」

安壽與以往不同的地方僅止於此，她與別人的應對並未有所不同，每天的工作也一樣。然而廚子王看著唯一能與自己相互慰藉的姊姊，現在竟出現這種改變，心裡覺得無限難過，可是又無人可以傾訴。兩個孩子的處境比以前更為孤寂。

雪有時下有時停，歲末年終時節到了。奴婢停止出外工作，改為在屋子裡勞動。安壽紡紗、廚子王打草。打草不用學就會，但紡紗就困難多了。所以小萩一到晚上就會來教安壽。安壽不但對弟弟的態度有所改變，就連對小萩的話也變少了，而且表現得有些冷淡。但小萩並不在意，仍然體恤照顧著她。

山椒大夫在宅子的柵門邊立起年節應景的松樹。但新年在這裡並不是什麼特別重要的大事。山椒大夫家族中的女性一向深居簡出，家中少有熱鬧的場合。只不過上上下下利用這幾天飲酒作樂，奴婢所住的小屋吵鬧不休。平日若發生爭吵，都會遭到嚴厲的處罰，但這時奴頭卻很寬大，就算有鬥毆，也裝著視而不見，就算有人被殺，似乎也沒有什麼關係。

在寂靜的三號木屋邊的小屋裡，小萩難得前來。她像似把婢女木屋的熱鬧氣息帶來般地，和小萩談話的這一刻，陰沉沉的小屋似乎有了春天。此時連安壽的表情都改變了，她臉上綻現了難得一見的微笑。

到了初三，山椒家中恢復正常的工作。安壽紡紗、廚子王打草。此時小萩晚上過來也不用幫忙了。安壽熟練地旋轉著紡錘。自從她的心境出現改變後，這種靜謐而又反覆同樣動作的操作，非但不會令她感覺枯燥，反而使她散亂的心情沉靜下來。在廚子王的眼中，姊姊雖然不再像以前那樣跟他講話，但姊姊在紡紗時能和小萩說說話，已經令他安心不少。

❖ ❖ ❖ ❖ ❖ ❖

又到了水色溫潤，草兒發芽的時候了。就在翌日要恢復出外工作的前一天，二郎依照順序，到每個木屋巡視。來到三號木屋旁的小屋時，他開口說道：「為什麼要來巡視，是為著明天的開工做準備。這麼多人當中，可能有人生病，光聽奴頭的話是不夠的，所以我今天要來各小屋看看。」

正在打草的廚子王正要答話，安壽忽然停下正在紡著紗的手，來到二郎面前。「有一件事想要請託。我想和弟弟做同樣的工作。請給予特別考量，派我們一起上山吧。」安壽原本蒼白的臉上急遽漲紅，眼中閃爍著光芒。

廚子王看到姊姊的行為極為驚訝。她怎麼會完全未跟自己商量，便突然要求改換砍柴的工作。他驚訝的瞪大眼睛望著姊姊。

二郎什麼也沒說，只是盯著安壽的表情。安壽具則重述著剛才的話。「我沒有別的希望，只想能到山上工作。」

過了一會兒二郎才開口。「在這個大宅子裡，奴婢該做什麼工作這種重大的事，完全是由父親決定的。可是嘛垣衣，我相信妳已仔細考慮過這一願望，我會好好地處理你的要求，設法讓你能上山工作，妳放心吧。兩人能夠平安無事地渡過冬天，真好真好。」說完，便離開了小屋。

廚子王放下手上的杵子來到姊姊身邊。「姊姊，妳為什麼要跟我一起上山，我當然高興和你在一起，但為何突然提出要求，為何沒跟我商量？」

姊姊臉上露出喜色。「正當我心中出現這個主意時，正好那個人出現在眼前，原本還沒有想到要請託，結果順口便說了出來。」

「是這樣嗎，真是奇怪呢。」廚子王像似看什麼珍奇之物地，看著姊姊。

奴頭拿著竹籠與鐮刀進來。「垣衣，你不要汲取潮水，改為上山砍柴。我將工具拿來了，同時要收回桶子和杓子。」安壽照著吩附做了。

奴頭接受工具，但沒有馬上要走的意思。他的臉上露出一種像似苦笑般的表情。此人對於山椒大夫一家人的吩附，向來是有如聖旨般的遵從；任何無情、殘酷的吩附，他都會毫不猶豫地去執行。而且他生來便完全無視別人的愁苦，也聽不見他人的哭泣。但若能沒有這些悲慘面，也能將事情辦妥，他也會坦然接受這種安排。剛才那種苦笑的表情，代表著他接下來的行為將會給對方帶來痛苦，不這樣將難以達成任務。

奴頭對安壽說道：「還有一件事。剛才指派你砍柴，是二郎向大夫建議的結果。但在座的三郎聽了，認為垣衣應該像大男生那樣，才能上山。大夫笑著接受這項建議。所以我現在必須拿妳的頭髮回去交差。」

一旁的廚子王聽了這番話，胸中有如刺痛般地難受。眼中浮著淚水看著姊姊。令人意外地，安壽臉上的喜悅表情並未消失。「只要能去砍柴，變成男生模樣也沒關係。請用這把鐮刀斬斷頭髮吧。」

原本光澤秀麗的長髮，在銳利的鐮刀揮動下，一綹綹掉落。

❖　❖　❖　❖　❖　❖

第二天一早，兩個孩子背著竹籠腰插鐮刀，手牽手走出柵門。這是他們來到山椒大夫的宅子後，首次一同出門工作。

可是廚子王難以理解姊姊心中所想的事，所以感覺有些寂寞與悲傷。昨天奴頭走了之後，他曾經不斷地問著姊姊，但姊姊只顧著獨自思考問題，而對他並沒有什麼理會。

來到山麓時，廚子王再也忍不住了。「我們很久沒有這樣一起走路，現在能如此，應該高興，而不應悲傷才對。我雖然牽著妳的手，但實在不願看妳那參差不齊的短髮。妳有事情隱瞞我，妳在想什麼呢，為何不告訴我呢。」

安壽一早起來臉上便散發著喜悅的光芒，眼中精光閃耀著。不過他並未回答弟弟，只是握緊了他的手。

走了一陣子來到沼澤所在位置。跟去年一樣，水邊乾枯的蘆葦縱橫雜亂地生長著。道路兩旁，泛黃的葉子中間，已有青芽冒出。從池畔向右轉繼續往上走，有一處岩石縫隙，清水從中湧現出來。過了此處，依靠岩壁，順著蜿蜒的小路往上走。安壽指著在風化岩壁間底部正開放者的小紫羅蘭花對弟弟說：「看呀，已經是春天了。」

廚子王默默地點頭。姊姊心中藏著祕密，弟弟懷抱著憂愁，儘管他想回答，但嘴邊的話像砂子碰觸到水而消散不見了。

來到去年砍柴的林木邊上，廚子王停下腳步。「姊姊，就在這一帶砍吧。」

「不，要爬到更高的位置。」安壽在前面爬著。廚子王感覺訝異地跟著。爬了一陣子，來到接近人煙的外山山頂。

安壽站立著注視南方。這裡看得見流經石淵注入由良港的大雲川上游。沿河川僅隔著一里，可以得見被茂密叢林包圍著的塔尖，那就是中山[2]。「廚子王」，安壽叫著弟弟的名字。「我許久前便一直考慮著一件事，但一直沒跟你說，你一定覺得奇怪吧。今天就不要去砍柴了，現在注意聽我說。小萩是被從伊勢賣來的，我曾經問她從故鄉到此地的道路情形。那邊的中山越過後一直走，離京都就不遠了。要到九州很困難，想去佐渡也非易事，但要去京都，應該是可以到得了。我們和媽媽從岩代出發以來，一路上盡是遇見一些壞人，但是人只要能夠開運，必然能遇上善人。你要下定決心，逃出這塊土地，務必要抵達京都。接下來在神佛的導引下，一路上逢凶化吉，然後到九州找到父親的下落，再到佐渡接回母親。放下竹籠和鐮刀，只帶著便當盒走吧。」

廚子王聽完默然地站著，淚流滿面。「可是，姊姊，你要怎麼辦呢？」

「我的事沒關係。我本想和你一道，但現在你一個人去做吧。等你找到父親、接了母親以後，再來救我吧。」

「可是等他們發現我逃跑了，你一定會遭遇嚴厲的處罰呀。」廚子王腦子裡浮現遭到烙印的可怕夢境。

「說不定會遭到虐待，我會忍耐著。到底是他們花錢買回來的婢女，不會捨得殺掉的。充其

2 譯註：現在的舞鶴市。

量是你不在以後，由我做兩人份的工作吧。我會在你說的那片林木中儘量砍柴，就算砍不到六擔，四擔、五擔總該有吧。好了，你就從那裡下去。竹籠放著，我送你到山腳。」說著，安壽舉步往山下走。

廚子王還難以下定這樣的決心。他恍惚地跟在後面走。姊姊今年十五，弟弟今年十三，女孩比較早熟，再加上安壽好學強記，所以更是聰明賢慧。廚子王無法不照著姊姊的吩咐去做。

來到林木生長的地方，兩人用落葉蓋住竹籠及鐮刀。姊姊拿出護身本尊，交到弟弟的手中。

「這是很重要的，在我們重逢之前，暫且交給你保管。你可以將地藏菩薩想成是我，將它和護身刀放在一起。」

「可是，這樣姊姊就沒有護身符了。」

「比起我，你更需要地藏菩薩保佑避免遭遇危險。到了晚上他們發現你沒回來，一定會派人追趕。就算你再加快腳步，最後還是會被追上。剛才在山頂上所看到河川上游，一個叫做和江的地方。期盼運氣好沒人發現你已到和江，接著越過河岸到中山。那裡就是看到寺塔所在的地方，你進入廟裡，要求收容避難。暫時藏身在廟裡，追捕者走了之後，再從廟中逃走。」

「可是，廟的和尚會將我藏起來嗎。」

「這就要看運氣了。如果開運的話，和尚會想法子將你藏起來。」

「是嗎。姊姊今天說的話，就像神明、佛祖在說話。我已經下定決心，不管如何都照姊姊所說的去做。」

「嗯，你仔細聽著，出家人都是善心人士，一定會將你安置妥當。」

「是的。我也是這麼想。逃往京都後，就可以和父親母親相見了。到時我再來迎接姊姊。」廚子王的眼中和姊姊一樣閃耀著光芒。

「來吧，趕緊一塊走到山腳。」

兩人腳步急促地往下走。與來時不同地，姊姊已將熾熱的心情導入弟弟心中，廚子王已不再哀傷。

來到泉水湧出的地方。姊姊將放置在便當盒裡的木碗取出，接了清水對弟弟說：「這是出遠門前的祝福酒。」說著，喝了一口，再交給弟弟。

弟弟將碗中的水飲盡。「姊姊，你要自己保重。我一定不會讓任何人發現我到達中山。」說完，廚子王一下子就跑下山路。沿著沼澤來到街道。接著，沿著大雲川河岸朝上游方向疾行。

安壽站在湧泉旁，看著廚子王的身影忽而穩在松林內，忽而又出現，但越來越小，最後終於看不見了。這時逐漸接近正午，附近沒有登山者，也正好沒有其他人在附近砍柴，所以無人盤問默然呆立在山路上的安壽。

之後山椒大夫一家的追捕者在搜捕廚子王時，在這一處出路下坡的沼澤邊，找到一雙小草鞋，那正是安壽所穿的鞋子。

❖　❖　❖　❖　❖　❖

中山國分寺的山門裡，火炬所照射的人影紛雜，許多人湧了進來。站在最前面、手持白柄長刀的是山椒大夫的兒子三郎。

三郎站在堂前大聲地說道：「此刻在這裡的，是石浦山椒大夫的族人。大夫所使役的一名奴僕，已確認逃到這一帶附近。他能躲藏的地方除了寺內以外，不可能還有他處。快將他交出來！」在旁助陣的人群高聲叫著：「交出來，交出來！」

從本堂到門外的地面上，鋪著大片的石板。踩踏在上面的，正是手持火炬的一群三郎的手下。在石板兩側的是在寺內掛單的僧俗兩眾，全都圍在本堂前看熱鬧。追捕者在門外騷動之際，安放神體本尊的本殿也受到驚動。

當追捕者大叫開門時，裡面的沙門僧侶憂心若開門，會引發暴亂情況，所以多不主張開門。但住持曇猛法師則主張開門。

面對緊閉著的門，大聲叫嚷交出逃奴的三郎等人，一時之間也無計可施。他們只能間歇性地在門外騷擾。

本堂的門終於靜靜地打開了。開門的是曇猛法師本人。法師身披從左到右的偏衫法衣，有難以形容的威儀。常明燈的昏暗光線從他背後照射過來，法師的身影映在石板上，足足有一丈長，粗黑眉毛及稜角分明的顏面照映在晃動的火炬下。法師年紀不過剛過五十而已。

法師徐徐開口說話了。原本騷動的追捕者們在看見法師的身影後沉寂下來。

「你們是到這裡搜捕逃亡的下人是吧。我是本山的住持，不告訴我這個住持而將人留下來，這種事不會發生在本山。你們就為了這件事，夜晚時分持劍戟率眾強入本寺，高聲叫嚷打開殿門。這使人誤以國中出現大亂，有人公然叛逆。打開門之後，才知是府上家中下人脫逃的私事。本山是經過天皇敕令而建立的。山門掛著天皇直筆所書敕額，七重塔則藏有天皇御筆金泥所寫之經文。在此狼籍生事，倘若國守命檢校[3]責問下來該如何。此外，若本寺向總本山東大寺提出訴願，京都方面說不定會有什麼處分也未可知。為了你們著想，儘快回去吧。為了你們，我不會張揚的。」說罷，法師徐徐地將門關上。

三郎咬牙切齒地瞪著本堂的大門，但並無破門而入的勇氣。他只能像風吹樹葉般地，嘴裡低聲嘟囔著。

此時有人大聲說道：「那個逃走的奴僕是不是一個十二、三歲的小鬼頭？如果是他，我有看到過。」

三郎訝異地看著聲音的來源。原來是一位與自己父親山椒有些相似的老頭，他是寺裡看守鐘樓的人。老頭接著說：「那個小鬼呀，我在中午時分看到過，當時他從土牆外面經過，匆匆忙忙向南邊走。他的雖然瘦弱，但身子輕快，現在大概已經走到大路上了。」

[3] 譯註：監督寺廟、僧尼之職位。

「太好了。一個男孩半天的光景也走不了多遠。繼續追！」說著，三郎掉頭而去。

看到一列火炬出寺門，沿著土牆朝向南邊去了之後，鐘樓上傳來哈哈大笑聲，笑聲將兩三隻已經棲息入睡的烏鴉都驚嚇得飛了起來。

❖ ❖ ❖ ❖ ❖ ❖

第二天，國分寺派人分頭打探消息。往石浦方向的人回報了有關安壽投水自盡的消息。往南方向的人回報說，三郎率領追捕者一直追到田邊，才掉頭回轉。

又過了兩天，曇猛法師離開國分寺往田邊方向而去。他手上拿著一個有如盆子般大小的鐵缽，另一手拿著有手腕粗細的錫杖。後面跟著剃了頭、穿著袈裟的廚子王。

兩人白天行走於街道，夜晚便寄宿各地的寺廟。最後來到山城地方的朱雀野，法師在權現堂歇腳時，和廚子王話別。「你要妥善保存地藏本尊，一定會有父母的消息的。」說完便掉轉頭回去了。廚子王心想，事情發展完全跟死去的姊姊所預料地一樣。

廚子王來到京都後，還是維持著僧侶的裝扮，他寄宿在東山的清水寺。

他睡在籠堂裡，第二天清晨醒來時，枕旁站著一位身穿直衣加襯褲、頭戴烏帽的老人。他對廚子王說：「你是誰家的孩子，為何帶著重要的物品在身上，請給我看一看。我為了祈求女兒的病能早日痊癒，昨晚前來這裡參拜。結果在夢中接到佛祖的神諭，在左邊床位上就寢的男孩，攜帶著神奇的護身本尊，要我借來敬拜。所以今晨來到左邊的床位一看，原來是你。請告訴我你的身世，並將護身本尊借給我。我是關白[4]藤原師實。」

廚子王聽完說道：「我是陸奧椽正氏的子嗣。父親在十二年前被貶到九州的安樂寺，就一直沒回來。母親帶著當年才出生的我，以及三歲的姊姊回到故鄉岩代的信夫郡。等我長得稍大，才帶著姊姊和我出發尋父。我們來到越後時，遇上可怕的人口販子；結果母親被賣到佐渡，我和姊姊被賣到丹後的由良。姊姊在由良自殺身亡。我所珍藏的本尊就是這尊地藏菩薩。」說著，他掏出本尊來。

師實伸手接過佛像，先抵在額頭上敬禮膜拜。之後，正面反面翻來覆去仔細地觀察後說道：「這是我許久前所聽聞的至尊放光王地藏菩薩的金像。是由高見王從百濟國所迎回來的。既然是世代相傳，那麼上面的家徽便不會消失不見。在當今的白河法皇未即位的永保年間，平正氏曾因國守觸犯法條而連坐，以後遭貶至九州。沒錯，你一定是他的嫡子。若你能還俗，我會指派你出任諸侯國的長官。你先來我家裡作客，現在隨我一起去官邸吧。」

❖ ❖ ❖ ❖ ❖ ❖

4 譯註：天皇年幼時的攝政大臣。

關白師實口中所說的女兒，是白河法皇身邊的皇后，實際上是妻子的姪女。這位皇后許久以來雖然一直生著病，但借去廚子王的護身本尊參拜後，立刻除去病魔而康復了。

師實安排廚子王還俗，並親自為他加冠，同時派遣使者攜帶赦免狀，前往椽正氏遭流放的謫所，以瞭解他是否安好。然而使者到後，才知道他已經死了。行成年禮之後更名為正道的廚子王，因為父親已死的消息而身形憔悴。

幾年後的一個秋天，正道在朝廷的任官儀式中，獲任丹後的國守。這是不須實際赴任的遙授之官，所以他並未直接治理丹後，而是指派椽官[5]治理。但他以國守身分所下達的第一道政令，是丹後全境禁止販賣人口。因此，山椒大夫宅子裡的奴僕悉數解放。今後若要雇用奴僕，必須支付工錢。這一命令當然給山椒大夫的家族帶來很大的損失，但就在這一時期，農作及各種工匠手藝業急速興旺，山椒家族反而較以往增加了更多財富。國守的恩人曇猛法師獲升遷為僧都。照顧國守姊姊的小萩，獲得護送返回故鄉。他弔祭安壽死前的最後遺跡，並且在投水自盡的沼澤邊，設置一處尼姑庵。

正道以國守身分辨了這些事以後，便申請休假，獨自微行地來到佐渡。

佐渡的行政中心在一個叫雜太的地方。正道來到此處，吩附官廳的職員在境內進行調查，但母親的行蹤卻遲遲沒有消息。

[5] 譯註：次於國守、國介的三等官。

這一天當正道感到無計可施一籌莫展之際，一個人離開下榻的旅館，來到街道上漫無目的走著。漸漸地他遠離家戶所在的道路，來到田間小路。這時天空晴朗，太陽高掛著。正道心中自忖：「為什麼打聽不到母親的行蹤呢，是不是神明厭惡我僅指派差役去找尋，自己沒有親自做這件事，才會一直沒有消息。」他一邊思索，同時信步走著。這時來到一戶佔地很大的農家。在庭院南側種植著稀疏矮樹所形成的圍牆內，有一處將土夯實的廣場，其上舖著一張蓆子，上面放著要曝晒的小米穗子。正中央坐著一名衣衫襤褸的女人，她手持長竿驅趕鳥雀的啄食。這名女子低聲唸著像似歌謠般的調子。

正道不知何故，像似被這名女子吸引住般地停下腳步。她散亂的頭髮上，沾滿了灰塵。注視她的臉，就會發現她眼睛已瞎。滿懷憂愁的正道原本聽不懂她別嘴裡嘟囔著什麼，但慢慢地他聽出來女人所發出聲音的意思了。就在此時，正道像得了瘧疾般地，全身開始顫抖起來，淚水從眼眶裡湧現出來。女子反覆地低唱著這樣的詞句。

安壽呀，喔呵呵喔……，

廚子王呀，喔呵呵喔……，

鳥兒若想活命……，

趕快逃呀，我不追你們哪。

正道像出神般地，被這些詞句震懾住了。就在此刻，腹內的臟腑好像沸騰了，野獸般的叫聲，衝破緊咬著的牙齒，從他嘴裡叫了出來。身上有如五花大綁的繩子忽然解開了，正道朝向矮牆內飛奔過來。他腳下揚起小米細小的穗子，同時撲倒在女人的面前。右手所握著的地藏王護身本尊在趴下時，正巧印在自己的額頭上。

女人知道這不是麻雀，體形很大的東西才會揚起小米穗子。她停下嘴上唱的詞句，用看不見的眼睛凝視前方。此時就像水從干貝中湧現似地，雙方的眼睛都濕潤了。女人張開了眼睛。

「廚子王！」女人口中發出叫聲。兩人緊緊地相擁在一起。

譯跋

一、刺青

谷崎潤一郎於明治、大正交替期所發表者，內容敘述一位年輕的刺青師耗費數年之久，終於尋獲具有天賦的妙齡女子，供其完成畢生所欲達成美的最高境界作品。自〈刺青〉之後，谷崎潤一郎的作品著重追求於異常魅力的官能之美、描寫玩弄男子靈魂的毒婦型美女，因此被稱為惡魔主義。日本文學評論家認為本文具有「從肉體上的殘忍相對產生的深刻快感。」讀者從谷崎的細膩的描述，「隨著她呼吸吐氣的脈動，蜘蛛的腳也如同有生命般地蠕動著」，「……褪下肌膚外的衣裳，正巧此刻朝陽斜斜照射在刺青的正面，真是燦爛奪目扣人心弦。」可以感受到耽美派代表作家的不凡筆觸。

二、地獄變

內容描述酷愛作畫的畫師良秀，為了畫出慘烈地獄的景象，要求大君實際焚燒牛車。而大君竟悍然借刀殺人，狠心除去逼姦不成而由愛生恨的良秀獨生女。文中對良秀沉溺於繪畫有著精湛的描寫，例如「……故意在倒臥路旁而一般人不敢正視的屍骸前悠悠地彎腰蹲下，臨摹眼前已經開始腐爛的面容跟手腳，甚至連毛髮都分毫不差地描繪下來。」他對繪畫的狂熱，顯現於看到載著女兒的牛車陷入火海時所描述之「……先前還處於地獄責罰般痛苦的良秀，此時臉上卻顯現出難以言喻的光彩，就好像在恍惚中聽聞佛法後的隨喜……」。文筆之精彩，到底是文學大師芥川龍之介的成名之作。

三、南京的基督

文中描寫南京一名叫金花的年輕基督徒娼妓，在染上惡性梅毒後，為避免傳染給別人而停止接客，她並認為如此死後還能上天堂。後來遇上一名日、美混血男子，容貌酷似金花所珍藏之十字架上的耶穌基督。金花亦誤以為此人係基督化身來拯救她，因而獻身予他。沒想到此人僅是一名無賴，為免付夜度費而於清晨開溜，沒多久就因染上惡性梅毒而發瘋。神奇的是金花卻因此而痊癒，並深信此係耶穌基督所賜。劇情發展雖然不合乎科學精神，但這件事發生在個性溫順優雅、對接客營生充滿敬業精神的金花身上，毋寧是讀者所樂見的。

四、恩仇之外

本篇是以九州大分縣名勝耶馬溪的青洞門傳說作為故事的題材。青洞門位在耶馬溪入口附近貫穿大岩壁的隧道，據悉是一位叫禪海的僧侶於一七五〇年所完成。此事在《耶馬溪案內記》一書中亦有所記載。

本篇與〈忠直卿行狀記〉並列為菊池寬歷史小說的代表性作品。〈恩仇之外〉發表的第二年，作者將之改編成三幕的戲曲。大意為主角市九郎殺害主人後開始謀財害命的行徑，後幡然悔悟決心濟世渡人以贖罪愆。菊池寬對於主角面對主人之子報仇之心，有著深刻的描述。為父報仇在封建時代是一種非理性的習俗，也是菊池寬樂於採用的素材。文章內容描繪到仇敵雙方發展至恩仇之外，超越了世俗化的道德觀，並藉此表現作者出對人道主義的思想。

五、投水自盡搭救業

這是菊池寬以詼諧幽默筆調所寫的一篇短篇小說。故事首先以相當篇幅述說有良好場所以供投水自盡的重要性，接著描述一名居住在水渠附近的老太婆憑藉著地利，表面上表現出行善助人的高超德行，實際上卻是藉由搭救投水自盡者來領取官方的賞金。後其女偷盜其多年積蓄並與情人私奔，她在嚴重打擊下決定也投水自殺。結果竟然獲救，並遭人訕笑。本文文筆犀利諷刺，不愧是新現實主義流派的名家，才能將投水自盡的唯美一面，以反諷的語調娓娓道來。

六、高瀨舟

這一具歷史背景的故事最早出現在池邊義象所校訂之《翁草》一書。內容探討兩項主題。一是財產與其觀念問題，一般人在無錢時希望有點錢，有點錢之後又希望再多一些，更多一些，永遠沒有止境。也因為人的欲念無窮盡，所以難有界限；歸結到底，惟有像主角喜助那樣，對外界的慾念完全無所求，才能超脫。另一個討論的課題是安樂死的問題。對於早晚必死者，是否該讓他忍受死前的痛苦呢？森鷗外在近百年前，便從醫生的角度探討過對這一類病患給予麻醉劑的問題。當時的道德背景下是不允許給予安樂死的，作者藉由小說中的人物發展，提出對這一問題仍有探討的空間。

七、山椒大夫

本文是以日本中世紀越後地區流行的販賣人口為背景的寫實歷史小說，描述母女子僕四人遠赴九州尋親途中，遭人口販子盯上，被迫生離死別。姊弟兩人被賣至土豪家中為奴，受盡艱苦。後來姊姊犧牲自己助弟弟脫逃，最終弟弟在護身地藏菩薩庇護下，獲得貴人相助而平反，並終於母子團聚。弟弟名字叫做廚子王，當年我在課堂上初次接觸到這篇小說時，便記住了這個怪異的名字。這部小說曾在一九五四年由日本大導演溝口健二改拍成電影。

釀小說92　PG1791

恩仇之外：
日本大正時代文豪傑作選

作　　者　谷崎潤一郎、芥川龍之介、菊池寬、森鷗外
譯　　者　祁淡東
責任編輯　洪仕翰
圖文排版　周妤靜
封面設計　王嵩賀

出版策劃　釀出版
製作發行　秀威資訊科技股份有限公司
114 台北市內湖區瑞光路76巷65號1樓
電話：+886-2-2796-3638　傳真：+886-2-2796-1377
服務信箱：service@showwe.com.tw
http://www.showwe.com.tw
郵政劃撥　19563868　戶名：秀威資訊科技股份有限公司
展售門市　國家書店【松江門市】
104 台北市中山區松江路209號1樓
電話：+886-2-2518-0207　傳真：+886-2-2518-0778
網路訂購　秀威網路書店：http://www.bodbooks.com.tw
國家網路書店：http://www.govbooks.com.tw
法律顧問　毛國樑　律師
總 經 銷　聯合發行股份有限公司
231新北市新店區寶橋路235巷6弄6號4F
電話：+886-2-2917-8022　傳真：+886-2-2915-6275

出版日期　2017年6月　BOD一版
定　　價　300元

國家圖書館出版品預行編目

恩仇之外：日本大正時代文豪傑作選 / 谷崎潤一郎、芥川龍之介、菊池寬、森鷗外著；祁淡東譯. -- 一版. -- 臺北市：釀出版, 2017.06
面；　公分. -- (釀小說；92)
BOD版
ISBN 978-986-445-202-6(平裝)

861.57　　　　106006595

讀者回函卡

感謝您購買本書，為提升服務品質，請填妥以下資料，將讀者回函卡直接寄回或傳真本公司，收到您的寶貴意見後，我們會收藏記錄及檢討，謝謝！

如您需要了解本公司最新出版書目、購書優惠或企劃活動，歡迎您上網查詢或下載相關資料：http:// www.showwe.com.tw

您購買的書名：________________________________

出生日期：________年________月________日

學歷：□高中（含）以下　□大專　□研究所（含）以上

職業：□製造業　□金融業　□資訊業　□軍警　□傳播業　□自由業

□服務業　□公務員　□教職　□學生　□家管　□其它_____

購書地點：□網路書店　□實體書店　□書展　□郵購　□贈閱　□其他

您從何得知本書的消息？

□網路書店　□實體書店　□網路搜尋　□電子報　□書訊　□雜誌

□傳播媒體　□親友推薦　□網站推薦　□部落格　□其他__________

您對本書的評價：（請填代號　1.非常滿意　2.滿意　3.尚可　4.再改進）

封面設計____　版面編排____　內容____　文／譯筆____　價格____

讀完書後您覺得：

□很有收穫　□有收穫　□收穫不多　□沒收穫

對我們的建議：________________________________

____

____

____

請貼
郵票

11466
台北市內湖區瑞光路 76 巷 65 號 1 樓
秀威資訊科技股份有限公司 收
BOD 數位出版事業部

（請沿線對折寄回，謝謝！）

姓　名：＿＿＿＿＿＿＿　年齡：＿＿＿＿　性別：□女　□男

郵遞區號：□□□□□

地　址：＿＿＿＿＿＿＿＿＿＿＿＿＿＿＿＿

聯絡電話：(日)＿＿＿＿＿＿＿＿(夜)＿＿＿＿＿＿＿＿

E-mail：＿＿＿＿＿＿＿＿＿＿＿＿＿＿＿＿